SV

Julia Zange

Die Anstalt der besseren Mädchen

Roman

Suhrkamp

Druck: Pustet, Regensburg
Printed in Germany
Erste Auflage 2008
ISBN 978-3-518-42025-6

1 2 3 4 5 6 – 13 12 11 10 09 08

Die Anstalt der besseren Mädchen

Das Doppelkindchen tritt nur äußerst selten in dieser Welt zutage. Wenn nämlich die Mutter ein absolutes Kind im Gesicht und im Geist ist, so passiert bei der passenden Paarung die Zeugung eines Babys, dessen äußeres und inneres ideales kindliches Wesen nochmals potenziert wird. (Das Wortbild »Doppelkindchen« ist also eigentlich falsch, aber der Begriff hat sich aufgrund seiner Griffigkeit in die wissenschaftliche Praxis eingeschlichen, obwohl es sich vielmehr um eine Potenz handelt.)
Die Kindermütter bringen meistens Mädchen zur Welt, Knaben sind unwahrscheinlich. Doktor O. sagt, es hänge mit dem stärkeren Maiglöckchengeruch der Eizellen zusammen. Diese Mädchen sind die potentiellen Verführerinnen, werden oft nicht älter als 25 Jahre, weil sie an Selbstverführung zugrunde gehen.

Mein junger Bauch

Malte und Loretta sitzen im Regionalzug Richtung W. Diesen Sommer ist die Natur für die hessischen Mittelgebirge ungewöhnlich grün und verwildert. Aufdringlich wölben sich die Weiden über den Fluss, der sich tiefbraun durch die zerschnittenen Wiesen trägt. Er hatte noch nie diese Farbe, sonst war er grau oder grün.
»Sieht aus wie der Nil«, meint Malte. »Passt nicht mehr zu deinen Augen. Dabei ist es der Fluss deiner Heimat.«
Rousseaus Bilder werden doch noch Wirklichkeit. Wenn

man die Natur heute als eine Oberfläche betrachten würde und mit einer Nadel hineinstäche, würde sie zäh tropfen wie die Milch aus einem Gummibaum. Sie ist zum Zerplatzen gefüllt. Selbst den Getreidefeldern fehlt die sommerliche Sprödigkeit. Die Pflanzen dringen in die Ruinen an den Dorfbahnhöfen. Vulgär wie aufgepumpte Kunststoffformen von Jeff Koons. Die Subtropen sind vollkommen vulgär. Lore erträgt diese Aufdringlichkeit nicht.
Man wird sich daran gewöhnen müssen.
»Findest du, die Natur kann absolut schön sein?« Zweige schlagen ans Fenster.
Malte zuckt mit den Schultern, er hat ein dickes, mintfarbenes Medizinbuch über den Knien liegen und streicht über ganze Seiten jede Zeile mit Textmarker an.
»Ja.«
Lore schnappt nach Luft und haut auf die Getränkeablage, die einfach nachgibt, und ihr Schlag verklingt.
»Nein, eben nicht. Sie ergibt sich vielmehr in den Momenten, wenn einer versucht, den anderen zu beherrschen. Die Natur an sich ist langweilig. Du musst dir die Bruchstellen ansehen. Vollkommene Kultivierung, oder wenn die Natur sich ausbreitet, wenn sie wie hier immer öfter Beton und Mauern und alles durchdringt. Aber erst da, wo sie mehr Gewicht findet. Wenn in der Stadt ein Bäumchen einer Dachrinne entwächst, ist das niedlich, und mit dem Moos und den Steinen, die die Katzen auf dem Dach losgetreten haben, ergibt sich eine eigene Welt. Aber pittoresk, nicht schön. Wir fliegen nach Brasilia, ja. An den Perlmutträndern der Stadt stößt sich gleich der Urwald. Oh, Malte, das

muss ein Geräusch erzeugen vor Spannung. Malte, wenn ich könnte, würde ich das da draußen ficken.«
Malte sagt: »Scheiß Impressionen«, schlingt den freien linken Arm um ihre Taille und liest ihr vor, was auf dem Lesezeichen steht:

Im Osten geht die Sonne auf
im Westen geht sie unter
ich geh sonst einfach runter
im Keller ist der Schalter
aus Staub und Sisal leuchtet er
Buch führt ein Verwalter
und wenn ich dann ein Rehkitz bin
ess ich seine Lettern
die gibt er mir als Futter.

Verfickte Impressionen
ihr scheint so leuchtend rund
verfickte Impressionen
neon blutend bunt.

»Woher hast du das?«
»Das steckte in einem der Bücher, das ich letztens aus der Klinik-Bibliothek ausgeliehen habe.«
Krankenhaushygiene mag Lore am liebsten. Wenn sie dazu nicht Medizin studieren müsste, würde sie gerne Zuständige für Hygiene werden. Keime vernichten mit wohlriechendem Desinfektionsmittel, in Fachzeitschriften stöbern nach den neuesten sauberen Lösungen.

Sie fragt Malte aus dem Katalog ab: »Müssen mit MRSA kolonisierte Bewohner eines Altenheims antiseptisch saniert werden? Ha.«

Sie dreht in seinen Locken, wie sie es bei Mama immer gemacht hat, mit dem Zeigefinger eine Strähne umschlingen und sie immer wieder wegspringen lassen, bis die Locke nicht mehr zerfedert aussieht, sondern ganz glatt gespannt. Und sie schweigt, schiebt ihren Arm unbemerkt über die Buchseiten in sein Sichtfeld und zeigt stumm auf verschiedene Male und Flecken.

»Ist nichts Lebensgefährliches. Lass das, Loretta.«

Sie wühlt in den Reisetaschen herum, um etwas Unordnung zu stiften, sie schmeißt Maltes Seidenschal über die Vorderlehne, um etwas zu finden.

Sie hat Löcher in den Ohrläppchen, findet sie, als ihre Finger von den Lymphknoten zu den Ohrläppchen gleiten. Malte wollte, dass sie Ohrringe trägt. Jetzt ist das Ohr zerstört.

Lore legt ihren Kopf an seinen Brustkorb und hört ein Summen. Sie fragt sich, ob Malte immer anfängt zu summen, sobald sie den Kopf dort hinlegt, oder ob es ständig leise vorhanden ist. Es ist nicht zu überprüfen.

Malte sitzt aufrecht da, sie ist wie eine flirrende Unruhe um ihn herum.

»Was ist los, Loretta?« Malte drückt, ohne sie anzusehen, seine feinen Hände gegen ihren Bauch nach hinten in den Sitz.

Am Bahnhof von W. werden sie von den Eltern abgeholt, Malte von seinen, Lore von ihren. Sie verschwinden schnell in den Wagen und werden nach Hause gebracht.
Lore umrundet mehrmals das Haus auf der Suche nach Bekanntem und Veränderung. Die Katze folgt ihr, verbleibt hinter jeder Ecke, um sie angreifen zu können. Die Himbeeren hätten schon vor Wochen geerntet werden müssen. Die Gemüsebeete sind mit Unkraut überwachsen.
Papa steht bei den Brombeerranken, und Lore ist auf einmal, als würde dieses Bild zweidimensional werden, nur noch eine Folie vor ihrem Auge. Ihr Vater sagt etwas, aber die Folie ist ohne Ton.

Lore ruft Malte an: »Wir müssen wieder fahren. Es ist nicht so, wie ich es mir vorgestellt habe.«
Malte am anderen Ende seufzt, nicht erschöpft, eher wie vor einem Aufstieg, und sagt: »Es ist aber nie, wie du es dir vorstellst. Du musst deine Vorstellungen ändern, Lore. Aber gut, wenn du meinst, reisen wir sofort wieder ab. Aber du musst erst noch vorbeikommen, meine Mutter möchte dich noch sehen und dir etwas geben.«

Lore springt ins Auto, den Berg hinauf.

Maltes Eltern wohnen in einem riesigen Klinkerbungalow an den Hängen der Stadt. Es handelt sich um einen eckigen Neubau eines italienischen Architekten, mit glasierten Edelstahlfensterfronten und einer Terrasse aus Holzplanken, unter denen das Wasser zirkuliert. Maltes Mama

setzt sich zu ihnen auf die dicken Vanille-Polster der Bank. Landhausbruch in der Symmetrie.
»Weißt du, wir haben die Babywiege von Malte einfach an einer Seilwinde unter die Decke gezogen in unserem Schlafzimmer, seit Malte herausgewachsen ist. Da stört sie niemanden. Nur die Moskitos setzen sich manchmal da rein. Sie schaukelt sozusagen ewig.«
Lorchen nickt. Das Haus ist innen trotz der hohen Decken wie schallgedämpft. Sie trinken Kaffee aus handbemalter französischer Keramik.
Die Mutter ist extrem schön und trägt Brillanten. »Abends tue ich sie immer in die Rohre der Lederschwinger. Einfach die Plastikkappe vom Stahlrohr abziehen. Daran denken die Einbrecher nicht. Mein Mann weiß es nicht, und wenn jemand abends die Stühle verschiebt, klirrt es wie Eiswürfel aneinander.« Sie streichelt Maltes Rücken. Der Hund rollt vorbei Richtung Pavillon.
Der Hund von Maltes Familie hat einen Hüftschaden. Es ist ein alter Cockerspaniel mit zu kurzen Beinen, der seit Jahren eine Prothese um das Hinterteil geschnallt hat mit zwei Rädern dran, die unnützen Beine werden an der Apparatur festgegurtet. Maltes Mama tut das jeden Morgen. Lore hätte auch gerne einen Cocker, wie Flush von Virginia Woolf, aber Malte sagt, aus moralischen Gründen könne er sich keinen gesunden, jungen Cocker ins Haus holen, solange er weiß, dass der Hund zu Hause nicht laufen kann.
Lore träumt von einem Leben mit Flush in einem großen englischen Haus.

Maltes Mutter riecht nach Iris Nobile und drückt ihr ein kleines Paket in die Hand. In dem schwarzen, harten Samt liegt ein Ring mit einer goldenen gothischen Kathedrale aufgesetzt. Lore bedankt sich höflich. Sie dürfen aufstehen und gehen hoch in Maltes Zimmer, feuchter Hund in der Luft, wo sie sich sofort ausziehen und ohne Scham anfassen im Tageslicht. Malte dringt aggressiv von hinten in sie ein, weil sie nicht genug Freude am Geschenk gezeigt hat. Das Kästchen wackelt weich zwischen der Bettwäsche. Lore wird es erst einmal weglegen.
Sie nehmen den nächsten Zug zurück nach B.

My sweet Home

Lore findet einen Glassplitter an der Fingerspitze, den sie dann einfach in eine Bodenritze zwischen den Dielen steckt. Der ist von vorgestern, als sie das Glas zertrümmert hat, da sie Malte nicht mehr ertragen konnte, aber warum, das hat sie vergessen, nur noch erinnern kann sie sich, dass der Scanner nicht funktionierte. Sie sollte Tabellen aus dem Medizinbuch einscannen.
Heute trägt Malte ein weißes geripptes Unterhemd, einen kleinen Goldstern daraufgeclipst, eine Acne-Jeans in Röhrenform mit Löchern drin, das große hätte sie zunähen sollen, weil es so gewollt aussieht. Jetzt ist es so groß, dass man es nur noch stopfen kann, aber stopfen kann sie nicht. Wir werden immer größer, jeden Tag ein Stück, wir wer-

den immer größer, was für ein Glück, singt sie dafür vor. Das findet Malte gar nicht gut, Lore gar boshaft. Und sie habe noch gar nicht bemerkt, dass er keine Pickel mehr auf dem Rücken hat. Und seine neuen weißen Chucks habe sie auch nicht bemerkt, die alten weißen Chucks waren nämlich kaputt, weil er sie so oft getragen oder weil er sie in die Waschmaschine gesteckt hat, des öfteren. Lore denkt nur noch an Fuchsschwänze, Waschbärschwänze und Nerzschwänze. Sie denkt sowieso überproportional oft an Tiere.

Malte hat auch einen hellgrauen Cardigan. Und zwei lange Schals von American Apparel. Lore hat in den letzten Tagen schlimme Bauchkrämpfe und einen Blähbauch, wahrscheinlich trinkt sie zuviel Kaffee und isst zu viele Erbsen. Am besten sind sie frisch vom Markt, direkt mit den Zähnen aus den Schoten zu schaben.
Sie fotografiert Malte, wie er auf dem Küchentisch hängt und einen hellblauen Metallic-Schmetterling in den Haaren hat. Er hat sehr lange Locken bekommen.
Malte ist ihr in der Frage, auf welche Flaschen Pfand erhoben wird und welche man in den Mülleimer werfen kann, überlegen. Sowieso gewinnt er fast alle Wetten, weil sie sich ständig in ihre eigenen Wahrheiten verrennt.

Am Nachmittag hat sie in der Stadt Dinge gekauft und liebt es, sie Malte zu zeigen:
ein Mickey-Mouse-T-Shirt, eine kleine braune Ledertasche, kleine Glasfläschchen, die sie ihm aber nicht zeigt.

Malte ist verliebt in das kleine rosa Plastikrehkitz. Nicht nur Lore hat eine Affinität zu Tieren. Malte trifft kleine Mädchen. 16 Jahre alt. Sie mögen beide kleine Mädchen, ja eigentlich verbindet sie sehr viel. Sie wühlt in seinen Unterlagen, sie liest seine SMS.
Zum Abendessen gibt es Safranrisotto. Es ist Maltes Lieblingsgericht, denn es erfordert besondere Hingabe und Aufmerksamkeit. Dem Risotto muss über Stunden hinweg immer wieder Flüssigkeit zugeführt werden, und bewegt muss es werden, damit es eine ideale Masse wird. Ein Essen der Zuneigung. Das Risotto schmeckt trotzdem unendlich langweilig. Sie rupft das halbe Basilikum aus dem Topf und streut auf jede Gabel einige Blätter, um den Brei zu beleben. Dann gibt es noch Tiramisu, gesättigt von Milchfett. Sie ernährt sich hauptsächlich von Weißmehl und Milchmolekülen, stellt sie fest. Frühstücksjoghurt mit Aprikosengeschmack, Pulvercappuccino und heiße Schokolade, die man nur noch mit Wasser aufgießen muss. Aromatisierte Sojamilch. Milky Ways, trockene Mohnbrötchen, rosafarbene Donuts. Nudeln mit Sahnesoße, Schokopops mit Milch. Pure Butter und Mangolassi.
Sie hat heute eine Mappe angelegt für ausgeschnittene Tierfotos, die zwölfte, die ältesten Rauhaardackel mit unsauberen Rändern stammen aus dem Tierschutzjahrbuch 1990.

Wenn man Eis in Weißwein wirft, knackt es herzzerreißend. Lore sitzt allein am Abendbrottisch, weil Malte sich den Küchendunst abduscht, und ist müde.

Gute Nacht. Buona notte. Das Fenster zum Hof ist geöffnet, ein Kind singt *Bruder Jakob, Bruder Jakob* in mehreren Sprachen. Das hat es im Kindergarten gelernt. Lore nicht. Sie schaut abwechselnd das Fest der Volksmusik und eine Dokumentation über irgendeine hübsche mongolische Steppe, bevor sie ins Schlafzimmer geht.
Malte liegt schon auf dem Bett und schläft. Nackt, mit verrutschtem Gesicht auf einem feuchten Handtuch. Lore zieht den Schmetterling unter seinem Kopf hervor, der mit nassen Haaren seltsam abgemagert aussieht. Malte beschwert sich mit verschlossenen Lippen. Ihre Augen weiten sich kurz, sie spuckt aus dem Fenster.

Ohne es zu wollen, hat sie sich nachts um ihn geklammert. Ineinandergeknäuelt wachen sie auf. Malte macht fünf Versuche, sie zum frühen Aufstehen zu bewegen.
Schließlich wickelt Lore die Federdecke fest um sich herum und stolpert zu Malte in die Küche.
Zur Belohnung darf Lore sich dann eine Rosinensemmel und einen Cappuccino beim Discountbäcker holen. Draußen, unter den ganzen berufstätigen, ernsthaft geschäftigen Menschen, fühlt sie sich als Teil von ihnen.
Als sie den Innenhof des Hauses wieder betritt, bemerkt sie die hellroten Fleißigen Lieschen, die in die Rabatten gepflanzt wurden, mit lockerer tiefschwarzer Erde umworfen. Das muss in den frühen Morgenstunden passiert sein. Am Tag zuvor waren sie noch nicht da.
Malte kommt ihr entgegen. Sie kann seinen Geruch kaum

ertragen. Er riecht wie ein ängstliches, verschwitztes Tier. Das vergeht wieder, beruhigt sie sich, es wird daran liegen, dass sie die Pille abgesetzt hat. Durch die Hormone verändert sich die Wahrnehmung der idealen Sexualpartner, Östrogen und Gestagen der Pille suggerieren Schwangerschaft und lassen den Körper glauben, der Mann müsse als Vater für das Kind brauchbar sein. Das heißt: Die Pille ist ein Segen für die soften Typen. Oder umgekehrt, seit Einführung der Pille hat der Bedarf an weichen, verständigen Männern zugenommen.
Es ist meine Schuld, der Geruch. Ich könnte sie wieder einnehmen, denkt Lore. Aber die Angst vor der Verunreinigung ihrer Zellen durch die Hormone ist größer. Nein, freiwillig wird sich Lore keinen Krebs zulegen.

Lore spielt unter der Dusche mit dem Wasser »Reiche und Arme Länder«. Die reichen Industrienationen funktionieren so: zwei gewölbte Hände gegen den Bauch pressen, dass sie Schalen bilden, in die das heiße Wasser fließt. Schnell füllen sie sich, und sofort öffnen sich die Hände und verspritzen den Inhalt in der Kabine. Der Vorgang wiederholt sich gegen unendlich. Dann kommen die Entwicklungsländer dran: Die Hände bilden wieder Schalen am Körper, aber die Finger sind nicht ganz geschlossen, sie sind schlaff gehalten. Der Stand des Körpers entfernt vom Duschstrahl, so dass nur wenig Wasser über die Schultern über die Brust in die Zisternen tropft. Das wenige verrinnt, es kommt nicht zum Vorrat und schon gar nicht zum Wassertropfenfeuerwerk. Lo kann sich stun-

denlang so unter der Dusche beschäftigen, staunend über diesen Kontrast.
Malte öffnet die Badezimmertür mit einem Trick von außen und fängt die aufgequollene Lore in einem warmen Frotteehandtuch. Und rubbelt, tupft, zieht das Tuch zwischen ihren Beinen hindurch wie ein Zauberkünstler.

Malte muss in die Klinik. Er schreibt ihr vorher auf ein Stück Papier, was sie heute erledigen muss:
Platz eins: sich um einen Therapieplatz kümmern,
Platz zwei: die Bücher in die Bibliothek zurückbringen,
Platz drei: sich einen Sport aussuchen und anmelden.

Der Zettel riecht nach Edding, und sie steckt ihn in die Jeanstasche, damit sie ihn nicht verliert. Der Tag hat ja gerade erst angefangen. Der Tag ist ja noch jung. Bevor Malte geht, klopft er auf ihre Jeanstasche am Po mit dem Zettel, nimmt sie bei den Schultern und schüttelt sie durch. »Du guckst schon wieder so ausdruckslos, Lore. Aufwachen.«
Lore kann das Denken mittlerweile ganz gut abschalten, so dass es einem Strom von Wörtern weicht, der irgendwo im Rücken, auf keinen Fall im Gehirn entsteht.

Mit Lindenschäumen
und Blasen aus Flieder
drückt dich Nacht
in den Nacken wieder
schnell säumen die Bilder
nieder die Stränge

die Sehnen die halten
und Kapseln zerplatzen
und riechen nach Linden
Blüten gelinde
sie drücken
der Mensch in der Stadt
denkt mit dem Rücken

Lo überlegt, ob sie noch eine Ibuprofen nehmen sollte.
Sie strafft für Malte jeden Morgen kurz den schlafwarmen Körper und entgegnet ihm das immer gleiche Vaterunser.

Ich werde.
Ich schaffe.
Ich reiße.
Mich.
Reiß.
Reiz.
Verschluss.
Auf.
In den Kampf.

Malte verschwindet besorgt. »Rapport, Mademoiselle, um neunzehn Uhr.«
Der Tag liegt unschuldig vor ihr. Sie wäscht Wäsche. Zieht die Vorhänge nicht einmal auf.
Lore verlässt das Haus nur, um für das Abendessen einzukaufen. Heute gibt es *Fisk*.

Lore kauft beim türkischen Fischhändler in einem unterirdischen Ladenlokal eine große Dorade. Zu Hause holt sie den Fisch aus der Tüte, er ist sehr schwer und fest und vollkommen unversehrt mit klaren Augen, die glänzenden Schuppen sträuben sich Lores Bewegungen entgegen, die Flosse fächert sich dabei roséfarben auf. Unter dem Wasserhahn betastet sie den festen Fischkörper und stellt fest, dass er gar nicht ausgenommen ist.
Sie überlegt, ihn wegzuwerfen, nimmt dann aber ein Küchenmesser und schlitzt ihm mit einer imitierten Großhändlergeste den Bauch auf. Aus der Kloake spritzt brauner Schlamm. Im Fisch sind schleimige Innereien. Das muss alles raus, sie kratzt, aber es funktioniert nicht, die Atemblase sitzt fest. Sie wühlt in Maltes Kleiderschrank nach dem Operationsübungs-Set aus dem Studium, spült das Skalpell kurz unter heißem Wasser und schneidet dann die festsitzenden Organe sauber heraus.
Sie bettet den Fisch in einen Topf, wobei ihm die Schnauze umknickt und er irr nach oben starrt, zwischen den Lorbeersträußen und ein paar Knoblauchzehen. Die klaren Augen des Fisches trüben sich in Sekunden zu heller Ausdruckslosigkeit. Sie schneidet italienisches Gemüse klein, kocht Pellkartoffeln und legt einen Deckel über den Fisch, damit sie ihn nicht länger ansehen muss.

Mit ausholenden Schritten kommt Malte um neunzehn Uhr fünfzehn die Treppe herauf. Er kommt rein und hat wieder diesen hellgrauen ekelerregenden Cardigan an mit dem weißen Rippenunterhemd drunter. Kommt rein und

will ihr sofort den schönsten Porsche der Welt im Internet zeigen.
»Bist du behindert, Malte?« Er weiß, dass sie sich null interessiert, und außerdem braucht das alte Modem viel zu lang. Malte schreibt auf:
Platz 4: Internet-Flatrate mit DSL beantragen.
»Porsche ist Porsche«, sagt sie zu ihm. Tatsächlich ist er tief getroffen. »Ergebnisbericht, Madame?«

Lore lügt: »Ich habe Tanzschulen im Telefonbuch nachgeschlagen und die Nummern hier auf diesen Briefumschlag geschrieben. Ich war in der Bibliothek und habe Bücher über die Region Berlin-Brandenburg ausgeliehen.«
»Und, Therapie?« fragt Malte.
Lore muss verneinen. Nein, sie möchte nicht, und überhaupt sei es schwierig, jemanden zu finden.

Malte ist begeistert beim Abendessen. Er erzählt von den Allüren des Chefarztes, der sich von den Schwestern mit der Gabel Muster in das Leberwurstbrot ziehen lässt und dem man das Fußpedal während der Operation stets zuschieben muss. Einer der Assistenten sitze also die ganze Zeit unter dem Tisch und platziere das Gerät vor der gehobenen Fußsohle des Chefs, der ab und zu auf die Finger des Assistenten tritt.
Lore lacht und freut sich, dass ihm das Essen schmeckt, sie wird immer ganz warm vor Aufregung beim Kochen.
»Loretta, was hast du mit dem Skalpell gemacht?«
»Fisk …«

»Das ist aus dem Anatomiekurs. Ich habe damit in Formalin eingelegte alte Leichen bearbeitet.... Du kannst das nicht zum Kochen benutzen.«
»Ich habe es abgewaschen.«
»Das ist egal, es gibt auch so was wie einen moralischen Kodex. Findest du das nicht eklig?«
»Aus wessen Perspektive? Unserer oder der des Toten?«
»Aus beiden Perspektiven.«
»Gut. Ich tu's nie wieder. Es tut mir leid.«
»Wenigstens wird es nie langweilig mit dir, Lorchen. Komm her. Hast du dich um die Einrichtung deines Zimmers gekümmert? Du brauchst noch einen dicken Teppich und Gardinen, und willst du die Glühbirnen ewig hängen lassen? Wir wohnen schon seit einem halben Jahr hier.«
Lore hat gerade erst begonnen, die Wohnung zu dekorieren, es sieht aus wie in einer Galerie, an die verputzten Wände sind mit Tesafilm geklebte Ausrisse aus Zeitschriften geheftet, Brigitte Bardot mit einem Frotteehandtuch über der Brust, ein Foto aus dem Ersten oder Zweiten Weltkrieg, auf dem ein Soldat auf einem Schimmel zu sehen ist und sehr viel Himmel, da der Fotograf die Kamera in einem zu steilen Winkel nach oben hielt. Abfotografierte Farbfelder des Kirchenfensters des Kölner Doms mit einer Unterschrift von Peter Richter. Riesige Bahnen Goldfolie, die Malte in den Müll werfen wollte, hat sie zu einem Ball zerknittert und auf die Anrichte gelegt, wo man ihn, wenn es still ist, knacken hört, da sich die dünne Folie wieder versucht aus der Form zu befreien.
Hübsche Abfallprodukte von schweizerischen Joghurtbe-

chern oder Etiketten von T-Shirts mit Delphinschwärmen drauf oder einem Totenkopf stecken in Ritzen hinter dem Abschluss der Fliesen oder sind zu einer Collage auf der Pinnwand im Flur vereint.
»Es gibt keinen Grund, warum das hier weniger wert wäre als die Documenta«, überlegt Lore.

Malte bettet vor dem Fernseher seinen Lockenkopf in ihren Schoß und redet dummes Zeug, den ganzen Film lang, mit seinen vom Halbschlaf und den Lindenpollen geschwollenen Augen sieht er aus wie ein kleiner Lurch und lutscht zwischendurch selbstvergessen an ihren Brüsten aus der aufgeknöpften Bluse. »Das wird schon wieder. Ich muss mich nur daran gewöhnen und die Augen etwas zukneifen.« Sie wiegt Malte hin und her, und am nächsten Morgen sieht er auch wieder ganz normal aus.

Malte hat Spätschicht. Sonst ruft er meistens an in der Früh, um zu kontrollieren, ob sie aufgestanden ist. Er lässt das Telefon dann so lange klingeln, bis sie sich aus der Bettdecke schält und, in Daunenschichten gewickelt, stumpfe Laute am Hörer von sich gibt. Sobald er aufgelegt hat, springt sie wieder ins Bett. Schichtet die Decken über sich. Lässt den Vorhang ungelüpft und schläft bis elf oder zwölf.
Das kann Malte nicht gutheißen, und heute kauft er ihr ein Ticket für das Berliner Gesamtnetz, sie soll schon mal ein Körbchen packen, mittags könne sie dann in einem brandenburgischen Dorf einen Kartoffelsalat oder einen

Schweinebraten für 5 Euro essen und ein bisschen am iBook herumtippen. Der Spreewald soll auch sehr schön sein. Morgen früh wird er sie wieder aus dem Bett zerren, wenn sie ihm nicht vorher schon die Nase zertrümmert hat.
Sie stellt sich Frühstückssituationen mit unterschiedlichen Männern vor, während Malte den Milchschaum für den Kaffee zubereitet, bis er so steif wird, dass der Zucker darauf liegenbleibt. Lore löffelt nur Schaum zum Frühstück.
Als Malte geht, reißt sie die Fahrkarte in feine Streifen, zündet sie nacheinander an und lässt sie bedächtig aus dem Fenster fallen. Der letzte fliegt herunter, als Malte unten die Tür ins Schloss fallen lässt. Gutes Timing, lächelt Lo.

Im Krankenhaus

Malte bringt ihr ein Paket mit, einen cremeweißen starren Karton, mit einer Organzaschleife in bewusster Achtlosigkeit umwickelt. Dort, wo die Oberpappe an den Boden stößt, ist der Karton mit goldenen Aufklebern penibel sauber versiegelt. Jedes Mal, wenn Lore den Fingernagel in die Verklebung stanzt, löst sich die Spannung des rauen Kartons mit einem sehr leisen Knall. In Bergen von Seidenpapier liegt Unterwäsche von La Perla, Black Label, Millionen von Rüschen, das Höschen reicht nur über den halben Hintern und hat in der Mitte eine rosa Satinschleife. Tiefer unten findet sie feine schwarze halterlose Strümpfe.

»Magst du es nicht anziehen?«
Lore ist noch eingenommen von dem Geruch nach teurer Seife und Boutiquenverkäuferinnen.
»Später.«
Bevor sie ins Kino gehen, zieht sie schnell und unbemerkt die schwarzen Sachen an, streckt den Po dem Spiegel zu und spielt ein bisschen mit dem Spiegelbild. Als sie sich die Strümpfe überstreift, befällt die Beklemmung sie direkt um den Hals. Die Gummierung unter dem Spitzenrand saugt sich kalt in das Fleisch der Oberschenkel, und mit der Jeans darüber machen sie jede natürliche Bewegung unmöglich. Die Härchen auf den Armen stellen sich auf, und ihr wird kurz übel. Wie in Frischhaltefolie gewickelt versucht sie sich jedoch kraft ihres Willens zu freuen, das unangebrachte Gefühl zu sprengen und flattert schließlich aus dem Badezimmer und wirft sich die alte Nerzjacke über.
Malte sagt: »Du freust dich sehr, das freut mich sehr.«
Im Kino sehen sie *Sweet Home, Alabama*. Malte steckt seine Hand in ihre Hose und tut erschrocken.
»Oh, du hast das neue Höschen an.«
Lore kann sich nicht dagegen wehren, feucht zu werden. Sie legt Maltes Armeeparka über seinen Schoß, wendet den Blick nicht von Reese Witherspoon und lässt ihn kommen. Unbemerkt.
Nach dem Kino kichern sie über die Flecken auf der Jacke und die Unbedarftheit der anderen Kinogäste. Dann zerschreddert Lore den Inhalt des Films, um Maltes unkritische Haltung bloßzustellen.

»Immer willst du dich streiten.«
Lore spuckt Blut und Galle. Im Auto schlafen sie auf dem Rücksitz miteinander, wegen des Regens sind die Scheiben verhangen.
Lorchen bleibt während der Fahrt hinten liegen, angeschnallt mit einem Gurt um die Brust und einem um die Fesseln, denn sie ist so müde, und Malte fährt den Wagen nur, wenn sie angeschnallt ist.
»Schon mit sechzig Stundenkilometern werden beim Aufprall enorme Kräfte erzeugt. Ich sehe das täglich in der Notaufnahme.«
Lore glaubt ihm nicht. Aber sie ist zu müde. Malte wirft den Parka nach hinten.

Sie müssen noch in der Klinik vorbeifahren. Ein verwitterter Betonkomplex, über Wege durch eine Grünanlage und vorbei am Kleintiergehege mit Winterziegen. Lore ist eigentlich viel zu verschlafen und tapst hinter ihm her, mit einer Betonung auf dem rechten Fuß, denn das ist ihr Vorderfuß.
Vor dem Eingang packt der Obsthändler gerade seine Kisten zusammen.
»Ach, der junge Doktor.«
Seine Augen blitzen vor Freude.
»Was macht Ihr Rücken?« fragt Malte.
»Wie gut, dass Sie fragen. Schlecht, sehr schlecht. Die feuchte Kälte hier im Häuschen. Jede Bewegung ist eine Qual.«

»Kommen Sie doch morgen kurz bei mir vorbei. Zimmer einundfünfzig, fünfter Stock. Ich schreibe Ihnen einen kleinen Zettel, Sie gehen damit ins Untergeschoss und bekommen nach Feierabend Massage und Fango.«
Im Gesicht des Obsthändlers hat sich etwas gelöst, schnell packt er Kirschen in eine Papiertüte und drückt sie in Lores Hände, dabei fühlt sie seine verhärtete, fahle Haut.
»Junge Dame, er ist ein Glücksgriff. Der gute Mensch. Passen Sie auf ihn auf. Wissen Sie, dass Sie ein Puppengesicht haben?«
Lore lächelt artig und zieht schnell die Hände zurück.
In dem Rost über dem Lichtschacht vor der Eingangstür war ihr schon oft der Pfennigabsatz stecken geblieben, Malte hatte ihn jedes Mal herausoperiert.
»Man bedankt sich, Lore«, zischt er, als sie drinnen über das Linoleum hasten. Lore steckt sich die Backen voller Kirschen, hängt sich ein Paar an die Ohren und wirft dem Zivi am Empfang Blicke zu.
»Er schaut mir immer hinterher.«
»Ich weiß. Du bist ja auch das Licht dieses Krankenhauses, und er ist ein dummer, kleiner Schwanzlutscher.«
Das Krankenhaus wäre der perfekte Ort zum Umfallen, denn man bekäme sofort Hilfe. Lore schaltet ihre Sorgen ab.
Das Behandlungszimmer der Notaufnahme ist zweigeteilt durch eine Wand mit Glasscheibe und eine Schiebetür. Lo begleitet Malte oft, wenn er Dienst hat, oder kommt später vorbei, um ihm kleine belegte Brote mit geschnitzten Radieschen in Seerosenform vorbeizubringen. Sie muss sich

dann hinter die Scheibe setzen, in den Teil, den der Patient nicht betritt. Malte bereitet ihr schnell ein Lager. Eine Pritsche zur Verlängerung des Tisches, eine dünne hygienische Decke darüber, ein grünes OP-Tuch, falls ihr kalt wird. Direkt hinter der Scheibe. Panoramablick. Bis er den braunen Vorhang zuzieht. Manchmal lässt er ihn jedoch einen Spaltbreit für Lore offen und schaltet das Licht in ihrem Raumteil aus.

»Die Jungs hatten solche Angst letztens, als ihr Vater genäht werden musste. Da habe ich ihnen Spritzen gegeben.«
Lore bekommt einen Lachanfall.
»Du hast sie ruhiggespritzt?!«
Maltes Haut unter den Augen zuckt, und er schlägt zu. Wendet die Kurve seiner Faust jedoch im letzten Moment von Lores Gesicht auf den Tisch. Er stöhnt vor Schmerzen.
»Ich habe ihnen natürlich leere Spritzen zum Spielen gegeben, du Biest. Hast du so was nie bekommen?«
»Doch, beim Kinderarzt. Ich habe sie mit Wasser und roter Tinte gefüllt und den Stofftieren oder meinem kleinen Bruder injiziert.«

Während Malte drüben Vorbereitungen trifft, wie eine Braut vor der Hochzeitsnacht, wühlt Lore die Schubladen durch und steckt Verbandspäckchen, Kanülen, Einzeldosen Aspirin, die aussehen wie bunt eingewickelte Bonbons, und eingeschweißte Klingen in ihre Handtasche. Die Schwestern des Städtischen Krankenhauses machen einen

großen Bogen um sie, als würden sie etwas wittern. »Du musst freundlich sein zu den Schwestern.« Lore hasst die selbstgefälligen, gesunden Frauen, aber bemüht sich sehr. Jedesmal, bevor sie ihn auf Station begleitet, drückt Malte ihr einen Schein in die Hand. »Kauf ihnen was Schönes.« Er meint Geschenke für die treuen Seelen. Es gab schon opulente Seidenblumen in einem Landhaus-Terrakottakübel, rosafarbene Geschirrhandtücher der Marke Green Gate, italienische Antipastikonserven (Malte unterwandert ihr System, indem er ihnen die ordinären bevorzugten Genüsse verschafft: Brathering zum Beispiel), eine Dessert-Etagere, Likör aus der Provence, einen Weidenbrotkorb mit Leineninlet, ein antikes Vogelbauer, auf dessen Gestänge weiße Porzellantauben sitzen (das bisher schönste), immer wieder frische üppige Schnittblumen, Pfingstrosen, Ranunkeln und Flieder.
Nur Danni von der 5b, der Kinderintensivstation, behandelt Lore herzlich. Der Rest ist Glasur.

Während seiner Arbeit darf Malte absolut nicht gestört werden. Auch wenn sie ihn dringend braucht. Einmal schnitt sie sich mit einer Klinge aus einem der Kästchen ein Herz in den Unterarm und ein Sternchen. Sie kratzte an der Scheibe, aber Malte ignorierte sie. Die Zeichen waren rot und brannten, aber sie hatte nicht die Blutgefäße, nur die obere Hautschicht getroffen. Seitdem überlegt Lore, tiefer zu schneiden und eine feine Hinterglasmalerei zu veranstalten. Besonders wenn Malte junge Frauen behandelt. Zöge er dann den Vorhang nach Feierabend auseinander, würde er es bereuen, seine kühlen Hände lächelnd auf ihre Stirnen gelegt zu haben.

Wenn man die zugige Feuerleiter an der Außenfassade hinabsteigt, die unsauberen Metallnähte des Geländers reißen an der Haut, alles ist hart und unbeugsam, die Abstände zwischen den einzelnen Tritten extrem groß, gelangt man direkt zu den Fischteichen. Lore versteht nicht, wie die Gebäudeteile der Klinik zusammenhängen. Wenn man von vorn, vom Besuchereingang, kommt, sind die Gewässer nicht aufzufinden. Aber das kann ja gar nicht sein, denkt sie. Nächstes Mal wird sie es wieder versuchen. Sie wirft Kuchenstückchen ins Wasser, so dass die Fische klumpen.
Aus den nächtlichen Buchsbaumbüschen kommt ein alter Raucher auf Krücken.
»Na, Madame, wollen Sie Fische züchten?«
»Auf keinen Fall. Ich verschaffe ihnen nur Bauchschmerzen.«
»Sie sind oft hier.«
»Woher wollen Sie das wissen?«
»Ich bin ein Freund des Hauses. Eine unausgeheilte Tuberkulose aus den 40ern, in den 50ern nicht gegipster Gelenkbruch beim Tennisspielen, die 60er verliefen weitgehend friedlich, in den 70ern kurz Malaria und ab dann nur noch Wohlstandskrankheiten.«
»Das heißt, Sie sind seit über sechzig Jahren hier?«
»Nein, erst seit ein paar Wochen. Ich lasse das jetzt erst alles behandeln. Ich habe bisher einen Bogen um diese Invalidenstätten gemacht. Pure Zeitverschwendung. Man wartet

ständig. Auf den Arzt, auf das Essen, auf den Zivi, vor dem Röntgenzimmer, auf Besuch. Aber das Zimmer ist anständig. Hätte ich nicht erwartet, außerdem, in meinem Alter vergeht die Zeit schneller. Insofern kann ich's mir jetzt leisten. Das Krankenhaus hindert einen am Leben.«

»Ich denke, es ist genau andersherum, mein Herr. Erstens erhalten die Ärzte hier das Leben, und zweitens ist Krankheit authentisch.«

Der alte Mann schaut Lore an. Sie kann seinen Ausdruck nicht deuten.

»Es gibt hier im Gebäude eine hübsche Bibliothek, die sollten Sie sich anschauen. Ich muss jetzt hoch, Verbände wechseln lassen.«

Er drückt ihr die halb gerauchte Zigarette in die Hand. »Alfred Katzenellenbogen übrigens. Falls Sie mich suchen. Auf Wiedersehen, Madame.« Lore steht allein auf dem Kiesweg und hält die Zigarette, die Schmauchspuren auf ihren Fingern hinterlässt. Der Wind reißt ab und die Asche herunter.

Sie zieht einmal und steigt hustend die Feuerleiter wieder nach oben. Sie tapst im Gang über das Linoleum. Die Ledersohle der Ballerinas macht einen Knall, wenn man mit der Spitze aufschlägt, wie ein Schlag mit flacher Hand ins Gesicht. Wie ein Ballettsaal der Flur, mit den Haltestangen aus gedrechseltem Holz rechts und links. Es ist niemand zu sehen, und Lore macht einige improvisiert elegante Sprünge bis zu Maltes Arztzimmer.

Er telefoniert gerade mit einem Patienten. Seine Gesichtszüge wirken dabei vollkommen entspannt. »Machen Sie sich morgen einen schönen Tag, gehen Sie einen Kaffee trinken, und was war noch Ihr Lieblingskuchen? Genau. Zwetschge. Ja. Ja. Sie dürfen auch Sahne. Bis nächste Woche.« Malte legt auf.

Er seufzt und deutet auf seinen Schoß, damit sie Platz nehme.

»Ich verschaffe diesen Menschen letzte Freuden, Lo. Ich liebe diesen Job. Aber es gibt so viele Betrüger in den Krankenhäusern. Ich mache das aus Liebe zum Menschen. Ich möchte, dass es ihnen gutgeht. Verstehst du? Diese Frau wird bald sterben. Unsere Aufgabe ist es, uns um sie zu kümmern, Lore. Forschung ist sekundär. Es geht hier um Dienst am Menschen. Es soll Humanität gewahrt werden, auch wenn du das altbacken findest. Es ist doch alles, was uns bleibt.«

Lore nickt. »Ich finde Forschung aber viel spannender.«

»Ja, es muss auch diese grauen Typen mit Scheuklappen geben, aber mein Leben ist das nicht. Lore, ich möchte, dass du meine Arbeit wertschätzt. Verstehst du mich?«

Lore nickt immer wieder. Diese letzte Frage hat keine Bedeutung. Man versteht sich nicht. Nie wird man sich verstehen. Es ist Maltes Lieblingsfrage, als ob er ihr damit näherkommen würde.

»Wo hast du dich rumgetrieben?« fragt er jetzt stattdessen.

»*Fiske* füttern.«

Sie sagt *Fiske,* nicht Fische in seiner Gegenwart.

»Wenn du nur nicht so süß … Ach, Lo-Baby. Klein, blond

und problematisch. Du weißt, dass ich darauf stehe. Ich falle immer auf den gleichen Typ Mädchen rein.«
Welche sollten das außer mir sein, denkt Lore, fragt aber: »Weißt du, wo die Bibliothek ist?«
»Ich wüsste nicht, dass es eine gibt. Aber geh zum Empfang. Ich muss jetzt noch zur Nachtvisite auf der Intensivstation.«
»Warum das denn?«
»Ich habe das beim Oberarzt angeregt. Auch nachts sollen die armen Seelen das Gefühl haben, dass man sich um sie kümmert. Und man kann nicht alle unangenehmen Pflichten auf die Schwestern abwälzen. Eigentlich mache ich es ja auch gerne. Wie eine Mutter, die Gute-Nacht-Küsse verteilt und sieht, dass ihre Kleinen ruhig atmen. Verstehst du das, Lore?«

»Nein. Tschüs.« Lore ist schon vor der Tür.

Die Bibliothek

An der Pforte ist nur der Zivi, der händigt ihr den Schlüssel gerne aus, kennt aber auch nicht den Weg zur Bibliothek. Er erzählt ihr, er habe Borges' *Bibliothek von Babel* gelesen, und warnt sie vor der Verunsicherung durch unendliche Sechsecke und dass sie nie wieder rauskomme, wenn sie in einen Schacht falle. Besser, sie tränken einen Tee, Pfefferminze von seiner Großmutter aus dem Garten, im Nebenzimmer. Lore lässt nicht locker, und sie schauen gemeinsam den papiernen Faltplan an. Lore merkt sich das Muster der Gänge.

Vom Fahrstuhl durch die Glastür geradeaus, es riecht betäubend nach einer Mischung aus Chlor und Ethylenoxid, den nächsten Gang links, eine Tür zu einem schmalen Nebengang, und dort ist es schon.

Zutritt nur für Personal des Städtischen Krankenhauses steht auf einem Schild. Lore öffnet die Tür, die genauso eine taubenblaue Kunststoffverschalung hat wie die anderen Türen auf den Gängen. Sie schlüpft hinein. Drinnen ist es warm und dunkel, wie in einem Heizungskeller.

Sie sucht den Schalter und tastet an der Wand. Das Licht springt an, beleuchtet den Raum trotzdem nur stellenweise. Mehrere Lampen müssen defekt sein.

Die Bibliothek erstreckt sich über zwei Stockwerke, wobei eine Wendeltreppe nach oben zur Galerie führt. Der Raum sieht aus wie ein großes Krankenzimmer, jedoch vollgestopft mit dunklem Holzmobiliar voller Wurmlöcher. Lore überlegt, woher Herr Katzenellenbogen die Bibliothek kennt. Sie springt mit dem Finger über die alten Buchrükken, aber auch die neueren, mintfarbenen Malte-Bücher sind dabei, und wählt einige aus, deren Umschläge ihr gefallen. Malte hatte gesagt, er kenne die Bibliothek nicht, doch das Buch letztens im Zug musste von hier sein. Sie erkennt die Signatur wieder. Lore wird wütend auf Malte, weil er nicht ordentlich umgeht mit seinen Gedanken oder weil er es absichtlich verschwiegen hat.

Sie beißt sich vor Wut in die Hand, denn Malte ist ja nun

nicht da, und beginnt zu blättern. Zwischen den Fachbüchern gibt es eine Reihe aus moosgrünen alten Lederbänden mit Goldornamenten. Das Licht ist nur halb hell, wenn man die Augen zusammenkneift, sieht das Zeichen auf den Rücken aus wie ein Raubtier, das vor einem Ball sitzt, oder der Erdkugel, oder einem Reifen, der mal Feuer hatte. Sie schlägt eines auf: auf dem Schmutztitel steht wie gestempelt: Die Bibliothek des Kritikers.

Aha. Das kommt ihr bekannt vor. Als hätte sie schon immer danach gesucht, und jetzt löst sich die Aufgabe mit einem glatten Ergebnis.

Es gibt kein Erscheinungsdatum. Bibliotheken sind so beruhigend.

Lo legt sich in das unterste, leere Regal und betrachtet die Buchberge. Wie ein Gebirge, das sie umschließt, und nirgendwo sieht sie einen Stieg oder einen Tunnel. Sie rollt sich auf den Boden und zieht ein Buch aus der niedrigsten Reihe. Aus dem alten Lexikonband rieselt ihr grober Staub in die Augen. Sie setzt sich wieder, schlägt es auf und findet zwischen den brüchigen Schutzpapieren der Farblithographien gepresste Kleeblätter. Vierblättrige. Das Buch ist voll davon. Jemand muss jahrelang an das Glück geglaubt haben, auf jedem Spaziergang, bei jedem Unkrautjäten um die Jahrhundertwende. Der Band ist datiert auf 1897. Sie will auch Blüten pressen, aber tränende Herzen.

Mikrowelle

Lo verriegelt die Tür des Schwesternzimmers. Malte schlägt von außen gegen die Tür.
»Loretta, wenn das jemand mitbekommt, wie du dich hier aufführst. Ich lasse die Tür aufbrechen. Komm sofort raus, und rede mit mir. Wenn die Nachtschwester zurückkommt, was soll ich der sagen?« Maltes Worte sind eine Wand vor der Tür, Lore hört ihn gerne schimpfen. Sie schaut sich um, ihre Geschenkaktionen haben den Raum zum wahrscheinlich ersten Stationszimmer der Welt gemacht, das man bei *Homes and Gardens* einreichen könnte. Sie dreht Runden um den Tisch und bleibt vor der Mikrowelle stehen. Ein störender grober Elektroklotz, eines der ersten Modelle. Durch die gerasterte Scheibe sieht sie zwei Eier auf dem Drehteller liegen. Braune ganze Hühnereier. Lore dreht den Schalter herum, auf 5 Minuten, 700 Kilowatt. Der Kasten springt unter Anstrengung an, schnarrt und taucht das Zimmer in ein rotgoldenes Licht. Lore starrt ins Innere. Erst passiert nichts, die Eier taumeln nur durch die Drehung. Doch plötzlich reißen sie auf, eine wollige, poröse Masse quillt heraus, und sie wachsen zusammen zu einem Ganzen, indem sie ihre offenen Flächen ineinanderschieben. Das geschmolzene Ei wächst, Lore reißt die Tür auf und klappt es auseinander an einer Sollbruchstelle. Es wächst nun zweigeteilt über die Mikrowelle, über das Krankenhaus hinaus, breitet sich auf einer grasgrünen Wiese aus Richtung Himmel. Lore zieht sich an der Schalenwand nach oben, es sind mehrere Meter. Oben angekommen,

entfaltet sich vor ihr unaufhaltsam eine weite Landschaft aus überdimensionalen Elementen eines weiblichen Körpers. Die Oberfläche glimmt samten rosa-orange. Lore hat ihre Finger in das weiche Material gebohrt, um nicht abzurutschen. Die Landschaft ähnelt einem plastischen Pop-art-Gemälde, auf dessen knalliger Ölfarbe sich Staub abgelagert hat. Das Gefühl der Samthaut soll nie wieder vorbeigehen. Mit Schreien wie aus einem Maul stürzen sich Hunderte junge schwarze Katzen auf den Landschaftsleib und bohren ihre kleinen Krallen hinein, als hätte man sie ausgekippt, die Oberfläche ist elastisch und bildet kleine Trichter um die Katzenkrallen, sie wird nicht versehrt und beult sich immer wieder in ihre Pfirsichglätte zurück. Die Katzen kämpfen und spielen auf den weichen Ebenen. Es ist kein Ende abzusehen.
Eine springt ihr ins Gesicht. Das warme Fell riecht nach Kuhstall, sie stürzt hinab. Und wacht erst sehr viel später wieder auf.

Eine Schwester sitzt neben ihr. »Der junge Herr Doktor hat Ihnen ein Beruhigungsmittel gespritzt. Wir haben Sie zu Ihrer eigenen Sicherheit an das Bett gebunden.« Lore nickt glasig.

Als sie das erste Mal in das Treppenhaus der Gründerzeitvilla gekommen war, hatte sie gedacht, was für eine beschissene Dekoration mit den Fischernetzen. Von oben betrachtet, erschloss sich ihr die Funktion der Netze zwischen den einzelnen Stockwerken des Treppenhauses der psychosomatischen Station.

Es gab Internetanschluss auf den Zimmern, und sie gründete am zweiten Tag ihres Aufenthalts eine Community im Netz: »Ich möchte die psychosomatische Klinik nie wieder verlassen.«

Ihr Zimmer roch nach Lavendel, den Malte ihr geschickt hatte. Die Gruppe hatte nach 28 Stunden bereits über achtzig Mitglieder. Mathilde, ein hochintelligentes Mädchen mit Depressionen (es fehlte Glamour im Leben), taufte die Community *Fundstelle für waidwunde Seelen*.

Man tauschte sich dort aus über die feinen Menschen auf den Stationen, die dankbaren Gefühle und stellte fest, dass man zum Beispiel in der gleichen Klinik gewesen war. Alle wollten zurück auf ihre Stationen. Sie zierten sich nicht, ihre Fotos daneben zu setzen. Als Lore die Bildergalerie auf der Homepage betrachtete, war sie erstaunt, dass man den Mädchen gar nichts ansah. Alles stramme Studentinnen, bis auf den leicht verschobenen Blick vielleicht.

Auf der Galerie spielte sie mit den Magersüchtigen Tischtennis. Die Therapeuten waren keine Mamas und Papas. »Müssen Sie sich immer das Maul stopfen?« bekamen die Bulimikerinnen zu hören. »Ihre Prinzessin können Sie bei uns auf der Station einpacken« die Verwöhnten. Und: »Verstecken Sie sich nicht hinter den sexuellen Missbrauchstaktiken Ihrer Familie« diejenigen, die Gewalt weitergegeben hatten.

Die Aussichten der älteren Patientinnen waren meist hoffnungslos. Sie schafften es gerade noch, sich aus ihren

zwanghaften Partnerschaften zu lösen oder ihre Kinder wieder zu akzeptieren, aber sonst war das Leben für sie verloren. Was man ihnen natürlich nicht vermittelte. Ein Neustart mit einer gesunden Seele sei jederzeit möglich. Es sei nie zu spät. Eine fiese Illusion, wie Lore fand.
In der Kunsttherapie malten die Alten am wildesten und patschten mit ihren runzligen Händen in der Farbe herum.
Alle auf der Station strickten, denn es beruhigte, und man sah die Zeit, die man hier verbrachte, in den Händen wachsen. Und auch wenn man danach wieder ins Elend, in die Atemnot, die Suizidwochenenden stürzte, hatte man doch einen wärmenden Schal gestrickt. Meistens wurden es mehrere, denn es dauerte oft Monate.
Die Therapeuten reizten die Stimmung, damit sich zwischenmenschliche Konflikte ergaben. Lore versuchte ein konsistent gebrochenes Bild von sich zu vermitteln, die Einzelgespräche waren ihr wirklich teuer, aber in der Mal- und Bewegungstherapie produzierte sie Erwartbares. »Malt das Märchen aus eurer Kindheit, das euch am meisten beschäftigt.« Lore hatte die sieben Raben und irgendwelche abgehackten Finger im Kopf. Was sich ihr einprägte, waren die Märchen, die sie nie recht durchdrungen hatte, zu grausam für Kinder. Aber sie malte brav die Prinzessin auf der Erbse. Klein, blond und problematisch.
In der Bewegungstherapie spielte man auch mit Symbolen. Während die anderen aus Kissen, Bällen und Steinen Festungen der Einsamkeit bauten, hantierte sie mit der dialektischen Semantik einer Barbiepuppe und einer Deko-

Ente, die mit Bohnen und getrockneten Körnern beklebt war.
Natürlich gingen die Therapeuten darauf ein. Alles, was man produzierte, wurde auf einer wöchentlichen Gruppensitzung den Ärzten präsentiert. Lore durchfloss Genugtuung. Man wurde ernst genommen. Die Ärzte interpretierten die Patienten wie einen Text, man konnte also, wenn man ihnen Lust an der Arbeit verschaffen wollte, auch ein paar Tropen und rhetorische Figuren einbauen.
Malte arbeitete nebenan, aber sie hatten ihr den Kontakt vorläufig untersagt.
Sie sah ihn manchmal durch den Schnee zum Auto laufen, sie stand an den Bogenfenstern im Treppenhaus der Station und zog sich die Strickjacke eng um den Körper.

Turnhalle

Lo rennt ohne Hülle durch die Großstadt. Die Mädchen verlieren ihre Innereien unterwegs. Silberkätzchen säumen die Gehwege und reihen sich auf für die Bräute. Sie winkeln eine Tatze an zum Gruß. Wie in einer Turnhalle reißen die Mädchen fortwährend buntes Klebeband ab und markieren ihre Wege und Territorien, damit sie das Verlorene wenigstens nachher wieder einsammeln können.
Ein weißes Fadenkreuz am Kottbusser Tor. Sie fühlen sich sicher zwischen den Muslimen, ein neues muslimisches Gemeindehaus wird eingeweiht und das leerstehende Ho-

tel mit der Frakturschrift daneben abgetragen. Das ist gut. Hier wird keine terroristische Bombe platzen. Die alte Frau im Kiosk in der Reichenbergstraße fährt sich selbst über den Mund, als sie meint, die Kaugummis sähen aus wie Bomb … Murmeln.

Die knabenhaften Mädchen laufen entlang der orangefarbenen gestrichelten Linie und sammeln dort ihre Nervenzellen in ein Körbchen. Außerdem sammeln sie auch schöne Seelen (außerhalb) und Kleinstmomente zum Erzählen oder Abfotografieren.

Die Straßen sind ihre Bücher geworden, sie schauen kein Fernsehen mehr, denn das zusammengefasste Weltgeschehen löst keine Regung mehr aus. *Empathy now* lautet der Aufruf eines Theaters. Es sind abgerissene Plakate, hinter denen ein zweites zum Beispiel mit einem Büffel zum Vorschein kommt. Die Mädchen lesen die Übergänge der Papierschichten als neue Zusammenhänge, die durch die Witterung und die Hände der Türkenkids entstanden sind.

Der Himmel ist rosa, durchzogen mit Hyänenfellstreifen in blassem Gelb. In der Prinzessinnenstraße pellt ein Junge sich gerade aus der Schale und streift besonders säuberlich die weißen Häute ab. Seine Hautfarbe ist seiner kasachischen Mutter zu verdanken, auch die Mandelaugen. In der Luft hängt der Geruch von frisch gebackenen Waffeln und ein bisschen angebrannter Butter auf heißem Eisen. In den Ritzen des Rinnsteins glitzern alte Batterien. Er hat noch nicht über den ebenerdigen Teer geschaut, bis jetzt kennt er nur den Himmel, da sich der Junge in einem niedrigen Schacht befindet, ausgekleidet mit türkisen Schwimmbad-

fliesen und voll grünen Laubs von kleinen Ebereschen, hinunter führen Betonstufen.
Um die Ecke, in einer Straße mit kleinen, unebenen Pflastersteinen, erwacht gerade ein Mädchen mit unordentlichen Zöpfen im Schaufenster einer Kneipe. Die Neonreklamen der Bierhersteller sind auch am Tag noch an. Sie reibt sich gelben Sand aus den Augen, sie streift über die Wimpern, um die dicken Verklebungen zu lösen. Sie ist verkeilt zwischen Blumentöpfen mit knotigen Pflanzen, einer Kaktee und Alpenveilchen. Die Grünpflanzen wuchern schon so lange, dass sie gegen die Scheiben drücken. Von außen wie ein Aquarium, in dem eine vergilbte Spitzengardine hängt. Wenn Luna ihr ein Zeichen gibt, lüftet das Mädchen ihren Schleier.
Ein Terrier mit harten Locken steckt mit der Schnauze in einem Rattenloch. Die Ratten würden ohne den Menschen aussterben, die Apokalypse mit Ratten wäre gar nicht denkbar. Eher wilde Hunde. Der Hund interessiert sich mehr für den Menschen, sobald er sich auf seine Augenhöhe begibt. Kauernde Penner nimmt der Hund immer wahr. Doch den geschlüpften Jungen in seiner frischen Versenkung kann er noch nicht riechen.

Lore geht Gemüse kaufen, denn Malte und sie haben beide sehr dunkle Augenringe bekommen. Vielleicht ist es Eisenmangel, also kauft sie festen sandigen Spinat. Babyspinat gibt es keinen beim Türken. Sie häuft die Tüte voll, denn im Topf wird er schrumpfen, und schaut dabei über den

Platz. Er oder sie tritt aus dem U-Bahn-Schacht heraus, trägt einen Trenchcoat, einen karierten Wollschal um den Hals geworfen und hellrosa Jogginghosen mit ausgetretenen Turnschuhen. Sie spiegeln sich, wobei Lores Outfit gebrochen ist, mit neuen, glänzenden Röhrenhosen. Es ist ein Junge! Unordentliche Locken umrahmen sein weichliches Gesicht.

Sie ziehen sich an, als hätten sie sich unter einem Haufen Wilder erblickt als einzige zivilisierte Wesen. Er läuft auf sie zu, Lore wirft mit einer Hand die Avocado in die Luft, verharrt, fixiert ihn und versenkt dann aber ihren Blick in die Gemüsekisten. Er könnte Elliott heißen. Elliott flüstert dem Gemüsehändler eine Frage zu. Auf Deutsch, was sie nicht erwartet hätte.

Um ein Haar könnte man ihn für einen Penner halten, der in der Bahnhofsmission verschlossene Kleidersäcke aus den achtziger Jahren öffnen durfte, der Unterschied liegt nur im Blick und dass die männlichen Junkies kaum Rosa mögen.

Elliott gibt ihr eine Chance, schleicht entgegengesetzt zu ihr auf und ab, Performance für einen Angriff. Aber Lore weiß nicht, was man sagen sollte, und eigentlich ist sie auch sauer, dass er der erste in Berlin ist, der genauso aussieht wie sie. Sie bezahlt das Gemüse und muss sich sowieso beeilen.

Lore zieht die Spülhandschuhe aus, auf ihren Fingern sind weiße nach Chemie riechende Ablagerungen, die sie abrubbelt.

Malte sitzt am gedeckten Tisch und mault, dass es kein Fleisch gebe. Da wäre auch Eisen drin. Außerdem knirscht der Spinat, weil man unmöglich allen Sand aus den Blättern mit den Vertiefungen und Adern waschen kann. Sie hat kleine rote Zwiebeln angebraten in Butter und dann den Spinat gedünstet. Butter und Staub geben eigentlich eine sämige Konsistenz ab. Sie zerquetscht die Kartoffeln zu Brei.

»Ich glaube, wir müssen umziehen.«

»Schon wieder?« Malte knirscht mit den Zähnen.

»Liebling, du projizierst deine Probleme auf die Wohnung. Dies ist eine sehr schöne Wohnung. Begehrt. Wir haben Maklerprovision zahlen müssen. Erinnerst du dich nicht, du legtest deinen ganzen Charme auf den Tisch und riefst den Makler an, ertrugst sein schmieriges Gerede über seine Tochter und die Sinnlosigkeit des Studiums, Studenten als gesellschaftlicher Abfall, und bejahtest alles. Du hast dich extra hübsch gemacht, den hellgelben Mantel angezogen, als du zu ihm ins Maklerbüro gingst. Du wolltest dich anstrengen. Du hast auf das Fax ein kleines Haus mit einem Pony im Vorgarten gezeichnet. Erinnerst du dich nicht?«

»Nein. Überhaupt nicht.«

Sie schauen Tatort. Malte findet es gut, dass er sein Glück darin finden kann, mit ihr vor dem Fernseher zu sitzen. Er braucht keine Aktionen.

»Du bist mein Glück, Loretta. Klein, blond und problematisch. Und so vergesslich. Wir werden heiraten ohne unsere Eltern, damit von unserer Liebe nichts verlorengeht. In einer kleinen Kapelle am Meer oder in den Alpen, wie du magst. Du sollst genauso aussehen wie jetzt.« (Lore ist ungekämmt, mit verschmierten Augen und einem zu großen weißen Arzt-T-Shirt).

»Wir sind füreinander bestimmt. Unsere erste Verabredung fand auf weißem Marmor im Foyer des Frankfurter Theaters statt. Dort wusste ich, dass du etwas Besonderes bist und ich für uns kämpfen werde, was auch passiert, ich fahre nach Carrara und schlage dir eigenhändig den Marmor ab, Lore, du brauchst dich nicht ängstigen, du könntest ein verbranntes Stückchen Mensch sein, wenn es hier brennen würde, oder keine Beine mehr haben, ich wäre für dich da und würde täglich deine Tränen in einem kleinen Glasfläschchen auffangen und es verkorken. Deine kostbaren Tränen, meine kleine Lo. Ich möchte nichts anderes.«

»Wie für euren Hund«, stellt Lore fest.

»Lass den Hund aus dem Spiel, Loretta, bist du eifersüchtig auf den Hund?«

»Lass uns auf das Sofa legen.« Malte hat schon vor dem Medizinstudium Anatomiebücher besessen, in denen er die Topographie der weiblichen Sexualorgane untersuchte, um gerüstet zu sein, den Mädchen Gutes zu tun. Aus Mangel an lebenden Objekten und Bravo-Ausgaben studierte er die Literatur genau. Und fasste Lore gleich an den richtigen Stellen an. Lore hatte sich jahrelang vorgestellt, Jungen auf Eisbärfellen vor dem Kamin zu ficken.

Sie rutschte Jahre ihrer Jugend unbefriedigt über den Teppichboden im Wohnzimmer und wartete. Als Malte dann kam, reagierten sie ihre kindliche aufgestaute Lust aneinander ab. Ihre schmalen, glatten Körper passten zusammen, sie waren sauber und rasiert, trainiert, aber noch zart.

Malte stöhnt bei jeder Berührung hoch und artikuliert, seine Bewegungen drücken überlegte Erotik aus. Er widmet sich ihrer Muschi hingebungsvoll, als würde er Risotto rühren.

Lore verweigerte irgendwann die artifiziellen Turnübungen und lag nur bewegungslos im Bett, während Malte sie mit schönster Mühe bespielte, sie kam jedes Mal artig und ließ ihn dann in ihr kommen oder bearbeitete seinen kleinen wohlproportionierten, sauberen Schwanz mechanisch, immer mit Maltes schrillen Schreien im Hintergrund. Manchmal ließ sie wie zufällig eine Pornozeitschrift neben dem Bett liegen. Wenn sie mit einem Seitenblick auf die geöffneten Schenkel des Cowgirls blickte, konnte sie schneller kommen.

»Leg das weg«, sagte Malte dann, wenn er sie entdeckte.

Die Zeitschriften lagern hinten im Schrank neben dem Plastikschädel des Anatomieskeletts. Malte hat ihn hinter die Wollpullis gesteckt, weil der Anblick ihm unheimlich ist. Das restliche Skelett steht kopflos auf einem Rollgestell im Wohnzimmer.

Lore schlug ihm einmal vor, sie könnten die Bilder gemeinsam anschauen, das mache er doch alleine auch, aber Malte

wollte seine Liebe auf sie allein konzentrieren, die anderen Mädchen würden ihm ein schlechtes Gewissen machen.
Lore hatte alle Just-Girls schon gespeichert und konnte sie jeden Abend im Bett, sobald sie Maltes Lippen zwischen ihren Beinen spürte, abrufen.
Malte war die Verlängerung einer Blondinenhure, solange sie die Augen nur geschlossen hielt.

Partyepisode

Nach den ersten paar Scheinen in Kunstgeschichte, war Lo einfach nicht mehr zur Uni gegangen, sondern hatte sich die Tage im Supermarkt vertrieben, wo sie Inhaltsdeklarationen auf Lebensmitteln und Kosmetikprodukten studierte, Sachen in den Einkaufswagen packte und wieder zurückstellte. Malte merkte nichts. Sie verlagerte ihr Kunstinteresse in die Nächte.

Lore trifft sich mit den Jungs aus der Galerie zum Abendessen. Es gibt teure, wild zusammengemixte Gerichte. Paul kocht zur Probe für den Freundeskreis, er plant, ein Restaurant in Mitte zu eröffnen. Das Prinzip besteht darin, Hummerschwänze, Gänseleber, schweren französischen Käse so zu kombinieren, dass man sie ironisch, aber dennoch genussvoll essen kann und nicht kotzen muss. Es sind schöne Mädchen geladen, um sie danach im Atelier durchvögeln zu können. Man spielt Tennis gegen die Panoramafensterscheiben und wundert sich, warum sie nicht zerbrechen, obwohl es kein spezielles Sicherheitsglas ist.

»Das sind noch Ost-Fenster!«

Die Künstlerinnen sind herb und hässlich und ignorieren die Mädchen, welche süßlich und schön sind und ab und zu ein Wort tropfen lassen wie METAPHYSIK.

Irgendwann legt sich Hella auf den Damast des Tisches, auf den Bauch, das Höschen zieht man ihr herunter, und mit etwas Petersilie im von Drogen verzogenen Mund könnte man sie tatsächlich für ein totes Ferkel halten.

Wim Delvoye tätowiert lebendige Schweine mit Louis-Vuitton-Logos. Wie Louis Vuitton mit solchen Entfremdungen des Markenimages umgeht? Vermutlich begrüßt es die Marketingabteilung. Vanessa Beecroft wurde für ihre nackten Model-Standbilder des VL-Logos extra engagiert. Die Aufmerksamkeit durch Schweine ist kostenlos.

Lore verabschiedet sich von Lennart und Paul. In der Torstraße feiert André WG-Einweihung.

Eine ganze Wohnung voller Modedesignstudentinnen, Lettemädchen. Der Letteverein nannte sich vor über hundert Jahren noch *Verein zur Förderung der Erwerbsfähigkeit des weiblichen Geschlechts* und war früher eine Ausbildungsstätte nur für junge Fräulein, Hauswirtschaft und Kunsthandwerk. Später durften auch die Jungs. Eine von den Fräuleins trägt fließenden Flanell, und ihre minikleinen Brüste zeichnen sich darunter ab, aber sie verschwin-

det dann aus dem Blickfeld, obwohl sie eine der Gastgeberinnen ist. Ein Typ hat seine Krawatte in die Tasse mit dem Prosecco gehängt. Andrés Mutter tanzt und mustert Lore mit einem Blick, dass sie würgen muss. So schauen Mütter nicht. Sie hat auch nie gekocht, aber André liebt sie trotzdem und lässt sie tanzen in seinem neuen Zimmer. Über dem Bett ein Ölgemälde mit Goldrahmen, Soldaten zu Pferde preschen den waldigen Weg entlang. Leider ist Mona nur Andrés Stiefschwester, er könnte nur ein Mädchen akzeptieren, dessen Blut sein eigenes ist. Zu der Frage, warum er nur offene Regale und Kleiderstangen hat, sagt er: »Ich sehe halt gern, was ich habe.« Und Lore findet das in Ordnung, tatsächlich ist es seine ganz eigene Inszenierung. Die Bücher stellt man ja auch ins Regal, um damit sich selbst versichern zu können, was an Futter in einem drin ist. Man vergisst so schnell, wer man ist, und deshalb ist eine Offenlegung für einen selbst, nicht für den Besucher, sehr sinnvoll.
Aber offene Schränke sind auch für das Miteinander praktisch und ersparen Kommunikation, das Risiko des Missverstehens vermindert sich, denn der Geschmack offenbart sich ohne Verzerrungen durch Sprache oder Zeitdehnung, die Komposition ist zu einem Zeitpunkt im Ganzen sichtbar, es ist, als würden sie einen dekorierten Shop betreten. So ein Überblick.

Das Profil muss modifizierbar bleiben.
Der tanzende Däne hat einen Flecken Fell am Rücken Richtung Schulter.

»Ich frage mich, ob er mit Simon schläft«, mutmaßt Zoe. Sie sind nicht schwul, aber sie halten sich betont lang zusammen und nur in Unterhosen im Badezimmer auf.
Vor dem Bett sitzt eine Person mit buntem Kapuzenpulli, die Kapuze über dem Kopf.
»Ist das eine Frau oder ein Kerl?« fragt ein Lettemädchen.
»Ist doch egal, ES sieht jedenfalls gut aus«, antwortet ein anderes.

Die Miami-Vice-Party steigt in der Prenzlauer Allee. Zoe kommt mit. »Berlin ohne Taxi ist eine Zumutung. Ich bin Flash Gordon. Übrigens.« Der Typ aus dem T-Shirt-Shop hat ihr einen grünen Flash auf das nackte Bein gesprüht mit Schablone, heute Nachmittag. Außerdem trägt Zoe eine Pistole im Gürtel.
Sie springen zusammen Hand in Hand über den Gehweg und singen:

Oh Stella
you are a straight tight Leggins Girl.
Deine Freunde haben sich getroffen
die Nacht versoffen
Stellastars über ihnen
geknickt damit sie leuchten
am Grab eine Gardine bunter Farben
so wolltest du's doch haben
ein Katalogfoto für Beerdigungen.

Sie treten in die nächste angefangene Party, wo Zoe dem erstbesten Künstler ihre Knarre zwischen die Beine drückt. »Oh, I like all kinds of music. Rock, Raggae, sometimes Techno and Jack Johnson. Because there are so many different feelings, for each one another type of music. And I am against tourism. It's wrong because they do not see the native culture, especially the fat Bavarians.«
Die dicke Gunna spricht.
Lore quatscht hinein, nachdem sie ein Engländer gefragt hat, ob sie auch Jack Johnson möge, dass sie kotzen könnte, weil er ein Softie ist.
Es ist eine homogene, abgeblätterte Stuckwohnung. Mit Podesten in den Zimmern, und jedes Stück Dreck an der richtigen Stelle platziert.
Der Mann, der aussieht wie ein Apache, bläst aus einem Röhrchen grün-transparente Kleberblasen. Man kann sie am Austritt des Röhrchens abdrehen und wie eine stabile Seifenblase behandeln. Der Lösungsmittelgeruch verfliegt sogleich. Und zurück bleibt ein leichter Penatengeruch. Es riecht nach Baby. Die Blase schwebt durch die Partymenschen, und alle streicheln sie und riechen wohlig an ihr. Der Geruch scheint bei allen das Gleiche auszulösen. Zoe, die ihr Inneres nach außen zu stülpen pflegt, denn sie ist eine von den Schauspielstudentinnen, denen man die Beschäftigung mit jedem einzelnen ihrer Moleküle auferlegt, schreit gen Himmel: »Es ist mein Uterus. Er fliegt.«
Man glaubt es ihr.
Lore sitzt aufrecht neben einer Kunststudentin, die einen weißen Fallschirmseiden-Overall trägt und schaut *Pretty*

in Pink von vorne bis hinten. In der ganzen Wohnung sind alte Fernseher aufgestellt, auf denen Achtziger-Jahre-Filme im Loop laufen.

Sie trinken Gin Tonic und essen die Reste eines echten Hochzeitskuchens, den die Schwester der Braut aus der Schweiz mitgebracht hat.

»Du, komm, lass uns hochgehen. Da sind schönere Menschen«, sagt Zoe.

Sie gehen hoch und werfen sich auf die Kordpolster zwischen die Jungen und Mädchen.

»Aber hier ist die Musik nicht so gut.«

»Dann lass uns wieder runtergehen. Ich glaube, die besseren Menschen gehen jetzt auch runter.«

»Ich mag eine Zigarette.«

»Okay, wenn einer vorbeikommt, den ich ideal hübsch finde, frage ich. Sonst lohnt es sich nicht.«

Es kommt niemand. Zoe und Lo müssen gehen, ohne geraucht zu haben.

Auf dem Nachhauseweg zieht es Lo in eine leuchtend blaue Kneipe, die schon fast leer ist, wo nur einige junge Touristen im hinteren Bereich tanzen. Sie setzt sich an die Bar und bestellt Limonade mit Tequila Gold. Sie lässt sich einen Zettel geben, um etwas festzuhalten. Da, wo der Filzstift am Papier steht, bildet sich ein wachsender schwarzer Fleck. Zwei Arme schieben sich unter ihren Achseln hindurch und nehmen ihr den Stift aus der Hand. Sie ist umringt von Franzosen, die Hände zeichnen kleine Frauen mit Brüsten und ein schmales Tier. Daneben schreiben sie kaum leserlich: Schlechte Tiere.

»Komm mit uns!« Die Jungen tragen sie schon fast hinaus mit ihrer Aufgekratztheit.
»Nein. I have to go home now.«
»You don't want to have fun?«
»No.«

Lore klingelt, schlägt gegen die Tür. Malte macht nicht auf. Er will sie wohl erziehen. Drinnen rührt sich nichts. Sie legt sich im 1. Stock auf das Plateau zwischen den Treppen. Der Boden ist mit dicken Kokosmatten ausgelegt. Im Traum schläft sie unter aufgestöberten Moosschichten mit ihrem kleinen Bruder, als er noch ein Baby war, im Arm. Sie scheucht die Wanze weg, die unter dem Moos wohnt und es auf Julien abgesehen hat.
Sie wird wach, als Malte sie hochhebt und in die Wohnung trägt. Er gibt ihr den pinkfarbenen Penicillin-Saft und eine Tablette, legt sie auf dem Badezimmerteppich ab. Er streicht frische weiße Laken über das Bett, zieht die Gardinen sorgfältig zu und streift ihr ein Paar seiner Tennissocken an die verkühlten Füße. Als er die Vorbereitungen beendet hat und Lorchen auf dem Bett in eine Wolldecke wickelt, schlägt sie die Augen auf.
»Du Biest, hast gar nicht geschlafen. Den Schlaf vortäuschen verseucht eine Beziehung, so beginnt der Betrug, Kleines. Dafür hast du mir nie einen Orgasmus vorgespielt. Immerhin.
Hast du mich in der letzten Zeit angelogen, Lorchen? Ich habe nichts dagegen, wenn du dich abends allein vergnügst, aber du musst ehrlich zu mir sein.«

»Pistazie«, murmelt sie bewusst verschlafen.
Malte streichelt sie, durch die Wand dringen die obszönen Beschimpfungen der Nachbarn gegen ihre Kinder (»wie kannst du deiner Mutter so etwas antun«, »ich breche dir den anderen Arm auch noch«). Das müssen sie im Fernsehen gehört haben, denkt Lore, und Malte steckt seinen glatten, sauberen Schwanz zwischen ihre Pobacken. »Magst du?« fragt er. Lore bewegt sich nicht und lässt sich lecken von seiner rauen Zunge, bis sie dreimal kommt, was Maltes Stimmung hebt, er kann die Augen im aufgehenden Licht nicht von ihren geröteten Wangen nehmen. »Ein Marie-Antoinette-Gesicht. Wie deine Mutter. You're a sweet, sweet girl, in a cruel, cruel world. Weinen beim Sex ist ganz normal, mach dir keine Sorgen.«

Schlaf

Loretta ist glasklar und allein während des Aufwachens. Sie liegt unter einer leichten Wolldecke zusammengerollt, den Kopf auf einem harten, darüber ein weiches Federkissen. In den Heizungsrohren ist ein Schaben zu hören, dann ein Geräusch wie das Brechen von Metallkanülen, aus denen Flüssigkeit schwappt. Das Licht aus den Fenstern der gegenüberliegenden Wohnungen schüttet sich gefiltert durch die Blattbewegungen im Apfelbaum in Intervallen über ihrem Bett aus. Warum sind die Gardinen offen? Sie vermutet, der Nachbar installiert Abhörgeräte, überhaupt wird er sie filmen, wenn sie schläft. Sie bürstet Stacheltiere in dem noch halblebendigen Traum, nie gegen den Strich, und widmet sich Fragen der Synästhesie im Schlaf, schreibt alles säuberlich in ein grünes Heft und knickst zum Abschied, wobei sie den Rock bis unter die Brust zieht. Die Bluse beutelt.

In der Nelke vor dem Fenster verfing sich letztens ein Falter. Er hatte einen Vogelkörper und lederartige Flügel, knallte vor das Glas und ließ sich nicht töten.
Malte glaubte ihr nicht, »du hast höchstens einen Falter über deinem Herzen«.

Lore beschließt, noch fünf Minuten zu träumen. Sie schnürt Großmutter das Nachthemd, in ihrem Schlafzimmer steht ein Pferd auf sehr dünnen Beinen, das umkippt, weil es Übergewicht vom Kopf her bekommt. Als ihm der Kopf auf den Boden knallt, kann es pinkfarbenes Sorbet vom Bettvorleger lecken (wie die Drogenabhängigen am Bahnhof Zoo mit dem Kopf in der Pfütze). Die Bäume tragen schon Sauerkirschen. Es gibt Gästehäuser in den Alpen, oberhalb des alten Gartens, sie soll zur Strafe ein Referat über die Apachen halten, zwei Seiten nur. Obwohl es thematisch auf den Ölgemälden des Gästezimmers eher um amerikanische Präsidenten und Raketenstarts geht. Sie hasst die Verwandtenkinder, die sich dort tummeln, weil Großmutter ihnen bunte Muffins mit Streuseln schenkt.
Die schlimmste Bestrafung ist Traumlosigkeit, wenn nach vierzehn Stunden Schlaf nichts bleibt.

Malte kommt ins Zimmer und schiebt sie liebevoll aus dem Bett, setzt sie auf die Füße, damit der Tag beginnen kann. Er zieht sie an und auf.
Lore fällt die Treppe hinunter auf die Straße. Sie hat das grüne Heft verloren.
Sie durchwühlt alle Hosentaschen, findet aber keinen Zettel von Malte. Was soll sie jetzt tun? Sie kauft sich einen dünnen Milchkaffee und spaziert über den alten Friedhof. Die Familiengräber verdeutlichen den Sinn des Kinderkriegens, eine Dynastie in die Welt setzen und einen Grabstein aussuchen und gemeinsam unter der Erde liegen, Grabpflege über Jahrzehnte hinweg. Eichhörnchen rasen über die Gräber und suchen nach Nüssen. Die gleichen Jogger kommen immer wieder an ihr vorbei, denn es gibt nur einen Rundweg am Südfriedhof. Die Zeit ist mal wieder hängengeblieben, denkt Lore.
Sie trottet nach Hause.
Trän,
trän,
trän,
singt Lorchen bei jedem Schritt. Es laufen kleine, verkleidete Kinder herum, einige in schillernder Seide und Kunstpelz und andere nur mit unsauber gekalkten Gesichtern. In den Straßen hängt heute bis zur Hüfte der Geruch von verbrannter Holzkohle. Die Bäume wachsen freiwillig von den Häusern weg, die Allee kippt enorm zur Mitte. Lore kauft sich noch einen schwarzen Filterkaffee mit Kaffeesahne und weißem Zucker drin, vor Aufregung durch das Koffein und die Luft kippt sie sich etwas in den Ärmel,

der Kaffee sickert in den cremefarbenen Kaschmirpulli, sie regt sich auf und kippt aus Versehen noch mehr in den anderen Ärmel. Die Fasern verkleben, der Kaschmir wird mokkabraun und hart.

Sie bleibt alle paar Schritte stehen und schaut sich Erdgeschossfenster an. Silberne Pokale mit Kaninchen drauf, Porzellanflamingos und verblichene Kunstblumenbouquets. Sie weiß nicht, was sie tun soll. Sie muss dringend nach Hause. Sie braucht eine Anweisung.

In der Wohnung angekommen, stellt sie fest, dass Malte verschwunden ist, und Lore schläft einen kurzen Moment auf dem Badezimmerteppich ein, findet dann neben dem Telefon einen notierten Arzttermin für den heutigen Tag und freut sich sehr, doch noch etwas tun zu können.

Morgenröte

»Sie sind schwanger, Fräulein. Kein Zweifel, und schon im zweiten Monat.«

»Gut, treiben Sie es mir ab, oder muss ich nach Holland?«

Der Frauenarzt hat sicherlich in Gedanken eine Pussy-Kartei angelegt, denkt Lore. Er drückt ihr einen Stapel Prospekte in die Hand.

»Ein Kind ist auch eine Bereicherung. Lesen Sie mehr darüber. Haben Sie einen festen Partner?«

Lore bejaht und zieht sich etwas benommen unaufgefordert die Hose wieder an.

»Aber ich habe viel Alkohol getrunken in den letzten Wochen und Penicillin genommen.«
»Nicht gut. Fruchtschädigend, aber wir können das später überprüfen mit einer Fruchtwasseruntersuchung. Ich muss Ihnen dazu nur eine Hohlnadel durch die Bauchdecke stoßen und etwas Wasser abzapfen. Können Sie gleich auch eine Analyse über alle eventuellen genetischen Defekte erhalten, alles, selbst ob das eine Ohr größer wird als das andere. Geschlecht selbstverständlich auch.«
»Ich möchte keinesfalls ein Mädchen.«
»Ja, in Indien wollen sie auch keine Mädchen. Zum Glück ist der technische Stand noch nicht so weit, dass sie dort zu kostengünstigen genetischen Analysen fähig sind. Denn bei einer Abtreibung ist die Hemmschwelle doch erheblich niedriger als bei einem Mord nach der Geburt. Sprechen Sie mit Ihrem Freund, Fräulein. Sie werden es irgendwann bereuen, die meisten Frauen tun das früher oder später.«

Sie hatte ihre Menstruation oft monatelang nicht bekommen. Unangenehm war nur der geschwollene Unterbauch gewesen.
Sie macht einen neuen Termin mit der Sprechstundenhilfe aus, die vor Freude ganz rote Wangen bekommt, sie hat aber sowieso erweiterte Äderchen im Gesicht. Sie beglückwünscht Lore und erzählt, dass dieses Jahr so viele Kinder wie nie geboren werden würden.
»Aber das ist doch gerade ein Grund, keines zu bekommen …«
Die Sprechstundenhilfe lacht laut, weil sie denkt, Lore hätte

einen Witz gemacht, und steckt ihr ein Mama-und-Kind-Pflegeset in einem Organzabeutel zu.

Lore betrachtet in der Tram das Öl gegen Schwangerschaftsstreifen und verschüttet das Babypuder, welches sie und die Sitznachbarn in eine weiße, wohlriechende Wolke stäubt. Boviste hingegen stäuben khakigrün und giftig, wenn man drauf tritt. Sie freut sich auf Maltes entsetztes Gesicht und einen Tränenausbruch.
Es ist wohl gerade Ferienzeit, auffällig viele Jugendliche lungern um sie herum.
Der Anblick der Kastanienallee macht Lores Kopf ganz leer. Von den Cafés und Agenturen und Handmade-Läden strömt ein enormer Druck aus. Zwischen Luft und Geschäften stimmt der Druckausgleich nicht. Jeder Fleck ist mit angestrengt-verspielter Bedeutung versehen. Lores Augen werden ganz krank.
Gegenüber sitzen zwei große, breite Sechzehnjährige, in weißen Baggypants und riesigen weißen Sweatshirts, ohne Jacke, obwohl es wirklich kalt ist.
»Voll das Ghetto hier«, sagen sie, während die Straßenbahn durch die Kastanienallee fährt.
»Ja, voll das Ghetto. Wo sind wir hier überhaupt? Im Osten oder im Westen?«
»Keine Ahnung. Du, nur Rumficken bringt dir auf Dauer echt nichts. Wie alt bist du jetzt?«
»Achtzehn.«
»Siehst du, da hört der Spaß langsam mal auf.«
»Hast recht. Aber wenn mich einer anruft, fragt er schon

immer zur Begrüßung: Und? Wie viele hattest du? Da kann ich jetzt nicht einfach aufhören. Wie sieht das aus?«

»Es wird Zeit, sich mal ein richtiges Mädchen zu besorgen. Für länger. Weißt du, mit Liebe. Aber das verstehst du halt nicht.«

»Es gibt halt nicht viele, die keine Schlampen sind.«

»Ja …«

»Einmal Schlampe, immer Schlampe.«

»Na ja, die Mädchen haben halt auch Triebe.«

»Ja. Aber das ist schon eklig.«

Lore steigt einmal um und aus. Malte ist immer noch nicht zu Hause. Sie kehrt um und entscheidet sich, spazieren zu gehen. Da fährt ihr Malte auf der Hauptstraße entgegen und macht Lichthupe. »Steig ein, Baby.« Zieht ironisch eine Augenbraue nach oben. »Du siehst blass aus, Kleines.« Lore könnte ihm augenblicklich die Nase zertrümmern. »Bin schwanger, fast im dritten Monat.«

Für die nächsten Minuten schreit Malte sie an, fährt fast in einen ausparkenden LKW, streichelt ihre Schenkel, drückt aufs Gas und weint, er wolle das Kind nicht in einer Assistenzarztwohnung aufziehen. Sie könne es nicht bekommen. Außerdem sei sie viel zu schwächlich, die Geburt werde sie umbringen, ihr Körper sei doch noch gar nicht bereit und eine kleine Stadtwohnung in Kreuzberg nicht der richtige Ort für ein Kind. Seine Eltern müssten ihm einen Kredit geben. Das Kind soll zum Ballettunterricht gehen dürfen.

Malte hält auf einem Supermarktparkplatz und dreht die unbewegte Loretta zu sich, schüttelt sie an den Schultern, dass ihr Pferdeschwanz ausschlägt und ihr Kiefer stumpf aufeinanderknallt.
Er nimmt sie in den Arm und streichelt sie fest von oben bis unten.
»Du bist ja ganz kalt. Wir können es abtreiben. Wir brauchen die Pro-Familia-Scheiße auch nicht vorher machen. Matthias macht das in seiner Praxis. Ich kann ihn gleich anrufen.«
Lore fängt an zu lachen. »Natürlich bekomme ich es.«
Malte redet etwas von erwachsenem Verhalten.
»Wenn es ein Leben gäbe, wäre ich gern dabei«, seufzt Lore, woraufhin Malte ihr solche Phrasen untersagt. Sie solle verständlich, ohne scheiß Künstler-Kapriolen reden. Wer ihr das schon wieder eingeflüstert habe. Ab sofort werde sie nicht mehr zum Psychiater gehen, sondern nur noch zu Doktor O.
»Ich lasse mir das Wort Verantwortung auf den Hintern tätowieren«, schlägt Lorchen unbekümmert vor.
»Es geht nicht um uns, Loretta, sondern um das Wohl des Kindes.«
»Unprätentiöses Studentenleben bekommt Kindern sehr wohl«, findet Lore zwar nicht, aber sagt es, um Malte zu trotzen.

Loretta blickt Malte ins Gesicht. Es ist entschieden.

My Baby

Malte hat sich für die ersten Wochen nach der Geburt beurlauben lassen. Er versorgt erst das Baby und dann Lore, kocht ihr Rindfleischbrühe mit weichen Karotten und Selleriestücken und streicht über ihre eingefallene Bauchdecke. »Da Sie noch so jung sind, wird es gut verheilen. Sie werden Ihre Taille behalten«, hatte der Arzt versprochen. Malte schmiert jeden Abend eine spezielle Salbe darauf und klebt alles gut und dick ab. Die Mullbinden findet sie beruhigend, und Marla ist ein schönes Baby, zum Glück. Sie war von Anfang an nicht rot und faltig, sondern fast anämisch blass.

Lore liegt daneben im abgedunkelten Raum wie die kränklichen Königinnen in Laken, das Fenster immer verhangen. Malte hatte recht gehabt, fast wäre sie gestorben bei der Geburt. In ihrem letzten Atemzug hätte sie das Baby mitgerissen in den Tod. Lo wollte nicht alleine sterben. Ob mit Katze oder Kind.

Und man hätte diesen Tod nicht mit Würde tragen können, denn Marla entglitt ihr auf dem Polsterbett eines Dessousgeschäfts in der Nähe der Berliner Volksbühne. Sie suchten Höschen aus, die sich gut zu dem schwangeren Bauch machten, und die Verkäuferinnen begeisterten sich sehr für die Veredelung schwangerer Körper. Da platzte die Fruchtblase, und das Wasser rann in ein noch nicht bezahltes Baumwollhöschen. Der Notarzt plädierte gegen einen Transport und vollzog die Entbindung zwischen den Satinkissen auf dem amerikanischen Bett, welches die At-

mosphäre vor den Umkleiden intim halten sollte. Die Verkäuferinnen weinten im Nebenzimmer.
Malte hielt tagelang ihre Hand und betete ihr Leben ein. »Lo, ich brauche dich, und du hast jetzt eine Aufgabe. Lore, du darfst die Bestimmung nicht fliehen. Niemals werde ich wieder glücklich sein.«
Sie träumte unter Beruhigungsmitteln von einem glimmenden Ehevertrag in ihren Händen, in dem ihre Beziehung als »wärmende Konstruktion« ausgeschrieben war. Lore verweigerte die Unterschrift und war noch nach dem Aufwachen empört. Aber sie konnte es Malte nicht erzählen, denn ihre Mundwinkel hingen von den Medikamenten schlaff herunter.

Dämmerzimmer

Wenn es ihr sehr schlechtgeht, denkt sie an den verhangenen, hellen Blick von Uma Thurman. Manchmal wird es davon besser. Lore fragt sich, ob die postmodernen Filme auf die Schauspielerin abgefärbt haben. Oder ob sie ein stabiles, selbstbestimmtes Schauspielerinnenleben führt. Heute singt Lore für Doktor O. während der Körperuntersuchung ein Lied:

Giftig ist die Glasmenage
Umas Porzellanvisage
schlägt man ihr

den Kuss hinein
oder brät in süßer Butter
gießt mit Ahornsirup auf
Cute, mein Baby,
Mehl im Futter
nach den Lippen
Eischnee drauf

Feuchte Lippen mehlbestäubt
sind sonst sowieso betaut
weiße Krusten brechen bebend
lebend lebend
wäre schön
aber unter weißer Hülle
kriegen sie ja gar nichts mit.

Kleine Blasen
keine Wunder
hüpfen Cowgirls Lippen runter

fangen sich
und stocken.

Lore gräbt dabei ihre nackten Zehen in den dicken russischen Wollteppich, der vor seinem Schreibtisch liegt. Doktor O. behandelt nur Privatpatienten. Die Praxis liegt neben seiner Wohnung im Erdgeschoss einer Grunewaldvilla. Malte hatte wie versprochen einen Kontrakt mit ihm geschlossen, sein Vater kannte ihn aus Studienzeiten. Dok-

tor O. soll Lore einmal in der Woche von Kopf bis Fuß untersuchen und sich auch sonst ohne Einschränkungen um sie kümmern.
Der Doktor riecht nach Kernseife und hebt ihre Brüste abwechselnd in seinen kühlen großen Händen.
»In Ihren Brüsten ist zwar nicht viel Milch, aber trotzdem müssen Sie das abpumpen oder wieder versuchen, das Kind zu stillen, sonst wird es sich entzünden. Es könnte aber schwierig werden, das Baby nach dem Fläschchen wieder an die andere Saugbewegung zu gewöhnen«, sagt er.
»Aber es fließt nichts«, beteuert Lore. »Wirklich, es ist nichts zu machen. Mein Zwergkaninchen hat mir damals mit zwölf in die Brust gebissen. Vielleicht kommt es daher.«
»Dann wäre es ja nur eine … Gehen Sie doch einfach mit Ihrem Freund in die Klinik auf die Entbindungsstation. Die werden das professionell abpumpen.«

Lore setzt sich unbekleidet bis auf die dicken Binden um ihren Bauch auf den ledernen Besprechungssessel und zieht die Beine an den Körper. Sie darf sich hier bewegen, wie sie möchte, hat Malte ihr versprochen. Doktor O. ist ihr Leibarzt. Er hockt sich neben sie und nimmt ihre Hand.
»Sie haben so ein außergewöhnliches Baby. In ihm schlummern Schönheit und Talente. Sie können stolz sein, Fräulein Lore. Und werden noch viel Freude mit ihm haben.«
»Sagen Sie das nicht …« Lore fühlt sich auf einmal ganz müde. »Sagen Sie das nicht. Können Sie mir noch ein Rezept schreiben für das Antidepressivum?«

»Ja. Ziehen Sie sich doch bitte wieder an. Ich bereite alles vor. Sie können sich die Zeit im Garten vertreiben.«
Lore zieht sich das weite Kleid über den Kopf, schlüpft in ein Rüschenhöschen und die Ballerinas und verschwindet sofort über die Terrasse nach draußen, wo sie gierig die Wärme, den Geruch der Sandsteinplatten und von knisterndem Moos einsaugt. In der Vogeltränke schwimmen Wasserlinsen, daneben, unter dem Vordach des Hauses, wächst in einer Terrakotta-Amphore eine äußerst widerliche Pflanze. Von einem mehrschichtigen Zentrum, welches in der Mitte vertrocknet und verfault aussieht, zweigen sich zwei riesige, wächsern grüne Blattgeweihe ab.
Das ist der Tod, denkt Lore.
Doktor O. kommt aus der Tür und drückt ihr eine säuberlich verschlossene weiße Papiertüte in die Hand.
»Geweihfarn ist das. Sie brauchen keine Angst vor ihm zu haben, ungiftig. Er ist nur etwas direkter. Früher waren die Menschen eher wie Salat, sie hatten ein junges Herz und verwelkten außen schnell und zerknitterten. Die Zellen des Salats lassen sich einfach so zerreiben. Heute ist es wie mit dem Geweihfarn. Er verfault innerlich und ist umgeben von festen immergrünen Blättern. Noch sind beide Generationen vorhanden … Aber …«
»Wusste gar nicht, dass Sie Salatpoesie betreiben«, wirft Lore ein. Verabschiedet sich mit einem Knicks und läuft über den Gartenweg zur Straße. Beim Ausparken streift sie mit der Radkappe des Saabs den Bordstein und bricht in Tränen aus.

Über die Erziehung

Lore liegt auf dem steifen weißen Federbett und versucht Marla atmen zu hören. Stuck umrahmt die Decke im Schlafzimmer, aber die feinen Ranken und Schnörkel sind zusammengewachsen, weil sie schon so oft mit dicker weißer Farbe überpinselt wurden. Der Atem von gesunden Babys ist extrem flach und geräuschlos.

In der Wanne hatte das Baby gezuckt wie der glitschige Schwanz einer Echse. Marla roch nach Babybad und wurde noch warm und feucht fest in ihr Handtuch eingewickelt, Maltes Mutter schickte immer kleine paspelierte Handtücher von American Apparel.

Lore versucht sich zu konzentrieren, das Schlafzimmer ist kühl und dunkel.

In der Spielzeugabteilung des Kadewe hatte sie vor einiger Zeit Puppen entdeckt mit geöffneten glossigen Mündern, die den Glanz von Babyspucke imitierten. Sie schienen lasziv aufzubegehren.

Lore hat Marla mehr als nötig gepudert, um den Geruch um sich zu haben. Es stimmt nicht, dass Babys prall sind, in den ersten Wochen sind sie weich und zerfallen.

Durch den Regen erkennt man drüben im Nachbargebäude die verschiedenen Kinderzimmerfensterdekorationen. Christliche Szenen als Buntpapierscherenschnitte, Kuscheltiere mit Saugnapf aus dem Automaten, Windowcolourvorlagenmäuse an bunten Fallschirmen, im Erdgeschoss das Fenster ist vollgekritzelt mit Edding-Tags. Hier oben deutet nichts auf ein Kind. Lore hat lediglich ein Mobile aus wohlgeformten Federn über dem Bettchen montiert. Malte kritisiert diese Kargheit, wobei er eigentlich immer der Verfechter des cleanen italienischen Designs ist, Boffi, Minotti und BB Italia, aber das Kind brauche eine kindliche Ästhetik.

Malte betritt das Schlafzimmer, schaut nach Marla durch den Schlitz des schweren Baldachins und setzt sich an den Bettrand zu Lore. Die legt ihren Kopf in seinen Schoß.

»Es ist noch so leer, Lo …«

»Ich kaufe ihr bald ein Kinderkunstbuch über Andy Warhol, wenn sie das durch hat, bekommt sie Stifte und darf nach freiem Plaisier das Zimmer gestalten.«

»Lo! Marla ist erst wenige Wochen alt …«

»Siehst du, im Moment kann sie sowieso nichts mit Bildern und Klötzchen anfangen. Und warum an unperfekte Formen gewöhnen. Interessant wäre es, Kinder in einem warmen, lichten Tempel zwischen weißen Marmorstatuen aufwachsen zu lassen.«

»Du hast wirklich nur Müll im Kopf. Ich bitte dich, das nicht aufzuschreiben und niemandem zu erzählen. Das verwirrt dich nur noch mehr«, fährt Malte fort, »durch Wiederholung werden solche Gedankengänge als neuronale Wege im Gehirn verfestigt. Ach. Aber ich möchte dich ja auch gar nicht anders. Nur. Das Kind … Ach. Du machst das schon. Du wirst schon wachsen an der Verantwortung.«

»Natürlich.« Lo nickt stark bestätigend mit dem Kopf in seinen Schoß. »Wir werden immer größer … Wir müssen

Marla in einem Extrem aufwachsen lassen, damit sie eindeutig geprägt wird.«
Malte nickt. »Ich habe mich schon um ein schwedisches Kindermädchen bemüht, das Englisch und Französisch beherrscht. Oder findest du, wir sollten mehrere native Mädchen um sie herum haben?«
Lores Stimme überschlägt sich. »Diese Wohnung werden keine Au-Pair-Mädchen betreten. Außerdem meinte ich, dass sie entweder verwahrlosen oder vollkommen verfeinert werden sollte. Also, wir könnten uns wenig um sie kümmern und sie so schnell zu Selbständigkeit und starkem, blütenweißem Willen erziehen, in einer rauen Kinderkrippe oder im Hundekorb des Agenturbüros, oder sie wird ab sofort in jeder Faser kultiviert. Ersteres wäre etwas langweilig, dann kann ich mich in der Mutterrolle sehr wenig ausprobieren und muss in einer blöden Agentur arbeiten.«

Malte streichelt ihren Kopf und antwortet fest und bestimmt.
»Ich hoffe, du scherzt, Lore, deine Stirn ist schon wieder ganz heiß. Marla wird als normales Kind aufwachsen mit der Tigerente und Henriette Bimmelbahn, diesen picknickmachenden Mäusen und Lupinchen. Sie wird ein goldenes Mädchen. Lass uns spazieren gehen. Du brauchst bestimmt frische Luft.«
Loretta wird laut.
»Du wirst ihr keine Kleider kaufen. Ich werde sie als Jungen erziehen, sie soll keine Süße entwickeln. Der Nordwind,

der die reifen Feigen herunterfegt, die dann aufplatzen. Die schwangere Kate Moss von Jürgen Teller in einem Feigenbaum fotografiert. Im Gras liegen aufgebrochene Feigen und Pflaumen, die ihren reichen Inhalt auf den Boden vergossen haben und verfaulen. Kate Moss sah grauenhaft aus während der Schwangerschaft, die Süße ist fern. Noch dazu trug sie eine zwetschgenfarbige Perücke. O Gott, du wirst Marla keine Kleider kaufen. Maritimes, höchstens. Sie wird kein Mädchenmädchen. Schau sie doch mal an. In spätestens zwei Jahren werden die Männer steife Schwänze bekommen, wenn sie sie im Buggy sitzen sehen. In weißen Baumwollstrumpfhosen und Lackschuhen, willst du das wirklich? Die weißen Nähte drücken. Sie werden Marlas Nähte betrachten und ihren Kinderhintern, und wenn sie ihr erst ins Gesicht sehen. Marla ist die Reinheit, aber auch verdorben. Sie ist berechnend. Ich sehe sie mit einer rosa Kapuze mit Bärchenohren dran an eine zerbombte Ziegelwand gelehnt. Sie ist eine kleine Nutte. Wir müssen sie schützen, Malte. Wir müssen die richtige Richtung forcieren. Keine weißen Röckchen, keine roten Früchte. Es wird sich zuspitzen mit den Jahren. Der Alkaloidgehalt der Maiglöckchen ist kurz vor der Blütezeit am höchsten. Ich habe es in der Bibliothek nachgelesen.«
»Lore«, Malte ringt nach einer ruhigen Stimme, »du hast ja nur Angst um dich selbst. Natürlich werde ich. Ihr sogar die schönsten Kleider kaufen. Es gibt eine neue Boutique, in der Brunnenstraße, die Comme des Garçons für Babys führt, habe ich heute morgen gelesen. Schau dir das mal an, es wird dir gefallen. Alles in weißem Naturstein und

Teakholz gehalten. Eine Wand ist ein Tafelbild. Ein bunter Wald, wie ein Suchbild im Stil Hieronymus Boschs. Und in der Mitte ist ein kleiner Laufsteg, der von den kleinen Kabinen direkt betreten werden kann.«
»Tafelbild ist genau das Gegenteil von Wandmalerei, du Idiot«, zischt Lore. »Ich werfe sie aus dem Fenster!«
Marla schreit, wach geworden vom Lärm. Lore stürzt vom Bett und reißt die Vorhänge über dem Baby auseinander. Malte rutscht auf dem Fell vor dem Bett aus und sieht von unten, wie Lore am geöffneten Fenster den Terrakottatopf aus seiner Verankerung löst und auf die Straße knallen lässt.

»Du bist wahnsinnig! Wenn da unten jemand gestanden hätte, wäre er tot. LORETTA!«

»Stand ja jemand ...«, sagt Lo mit der schönsten Ruhe in der Stimme. Malte ist so schockiert, dass er einfach liegen bleibt und das Kuhfell in den Händen knetet. Marla ist nach dem Knall verstummt, Lore zieht sich rosa Schühchen über und dreht die Anlage auf, sanfte elektronische Musik.
Sie beginnt zu tanzen.

»Ich hasse es, dass Marla Teile von mir in sich trägt. Hätten wir nicht ein Kind adoptieren können. Ich glaube gar nicht, dass die ganzen Hollywoodmädchen unfruchtbar sind, sie können nur sich selbst im Duplikat nicht ertragen, weil sie sich so sehr lieben.«
Malte hat Falten auf der Stirn. Er zieht Marlas Spieluhr

auf, deckt das Baby säuberlich zu, packt dann Lore bei den Handgelenken und legt sich mit ihr ohne Zähneputzen ins Bett.

»Ich muss früh aufstehen. Komm her. Wir schaffen das schon.« Lo ist unruhig in der Nacht.

Kreuzbergpuppies

Heute ist Malte nicht da, sie konnte den ganzen Tag mit niemandem reden. Stille. Nur Marlas Glucksen und Röcheln. Lo hängt glasig über dem Bettchenende und betrachtet das duftende Kind, das sich in das Frottee krampft. Es hat eine perfekt gewölbte Stirn, eine Nase wie aus feinstem Wachs, von oberbayerischen Kunsthandwerkerinnen geformt, sehr klein, aber artikuliert. Die Lippen sind rosenholzfarben aufgeworfen, wie kurz davor, eine Blase zu erzeugen. Man verliert sich in diesem Gesicht. Der schöne wissende Blick zeigt einen Funken Angst vor der Abhängigkeit. »Mummy, in deiner Hand …« Lore und das Baby können einen Dialog führen, sie sehen sich in die klaren, Sterne sprinkelnden Augen. Marla zuckt fast unbemerkt zusammen, als Lore ihren Kopf betastet. Die Fontanellen sind noch nicht geschlossen, unter ihrem blond beflaumten Köpfchen fließt direkt das Hirnwasser. »Mein Baby.«

Einen Wollfaden um einen Ziegelstein wickeln und damit das Kaninchen beschweren, wenn es nicht spuren will. Ha. Häschenschule. Wo bleibt Malte?

Lo streichelt den Babybauch, den eigenen hat ihr Marla ruiniert, und steckt dem Kind ihren Finger in den Mund. Es nuckelt, wendet den Blick ab, und Lo strömen die Tränen, sowie sich die Anspannung löst. Sie nimmt Marla hoch, die sogleich in ihre verhüllten Brüste beißt. Lo hasst sie für diesen dümmlichen Reflex. Warum lernt sie es nicht?

Draußen dämmert es hellviolett. Um diese Zeit fallen die Berliner Hunde den Pferden an die Gurgel vor den Großstadtmosaiken. Sie kämpfen in einem Gemenge aus Blut und Ölfarben.
Malte ist nicht da, er muss ja arbeiten. Lore steht alleine auf wackelnden Toskana-Kacheln im Bad.

Die flache Wut wächst nun unbändig und drückt von innen gegen ihre taube Haut. Lore geht weg vom Fenster, zur anderen Seite des Zimmers, und schlägt sich selbst die Hände ins Gesicht, dass es klatscht, bis es nur noch ein roter, feuchter Klumpen mit schwarzen Schlieren ist.
»So siehst du aus«, sagt sie in den Spiegel. Das Telefon klingelt, und Malte erkundigt sich, ob alles in Ordnung sei. Lore würgt einige zerheulte Brocken hervor. Und Malte befiehlt ihr, die Spuren zu überschminken und vor die Tür zu gehen, damit sie auf andere Gedanken komme. Aber das Kind bloß nicht allein zu lassen. Lore fleht ihn an zu kommen. »Du brichst mir das Herz«, sagt Malte, »aber ich kann den Dienst nicht unterbrechen.«
So schmiert und pudert sie, tuscht neu und extra dick und

fährt mit dem Fahrrad Richtung Kottbusser Tor, ohne Marla, sie bekam noch mit Honig gesüßte Hafermilch, das lässt sie gut schlafen. Die alten Regentropfen auf dem Sattel durchnässen die Jeans.

Love is enough sagt das Graffito in der Manteuffelstraße auf dem Weg zum Supermarkt. Die rot gestromte Katze an der Ecke hat ein abgerissenes Ohr. Wenn Lore die rote Perücke aufsetzen würde und von schräg unten in die Kamera blickte, sähen sich die beiden sehr ähnlich. Bis auf die Pupillen. Die Katze und Lo, wie Milla Jovovich im *Fünften Element*. Zwei Krieger, denkt sie und tastet mit dem Blick die Dächer der Wohnblocks ab. Sie würde ihren Waffengurt umschnallen, könnte im obersten Stock klingeln und sagen: »Entschuldigung, ich bin von der Zeitung, wir bringen einen Bericht über die Schönheit Kreuzbergs. Würden Sie mir und meiner roten Katze einige Minuten auf Ihrem Balkon gestatten, damit ich Luftaufnahmen machen kann?« Die von Diabetes und Toastbrot aufgequollene Frau würde noch reden in der Küche, über die Probleme mit ihren Kindern und einen Gerstenkaffee für sie aufbrühen, während Lo schon mit der Roten einen geräuschlosen Sprung von der Brüstung getan hätte. Sie würden sich anblicken im Flug.
Lore: »Du, ich kann seitlich durch den Glaskörper deines Auges blicken.«
Katze: »War es höher als der siebte Stock, Fräulein Lore? Sonst falle ich nur auf die Pfoten.« Lore: »Es wurde alles ausgearbeitet. Wir haben gewonnen. Der Fleurop-Service

steht mit Ranunkeln, Ginster und Immortellen genau vor dem Haus, wenn wir aufschlagen.
Komm hierher, zum unbefleckten Heiligtum, in einen schönen Hain von Apfelbäumen …«

Die Katze ist jedoch mittlerweile in einem Müllcontainer verschwunden. So oder so würde sie Sapphos Gedicht nicht beenden können.
»Heh, Schatz«, rufen die türkischen Jungs. »Du hast was verloren.« Lo blickt sich um, aber da liegt nichts. Vielleicht meinen sie die Katze.
Es blitzt durch die Schwüle ohne Laut. Die verwaschenen Wohnhäuser haben tiefe schwarze Augen und Fischmünder. Am liebsten hält sie sich unbemerkt zwischen den Junkies und ihren balgenden Kötern auf. Ab und zu fällt einfach einer um. Parken im Kopf, wo die schlimmsten Gestalten sind. Bei der Betrachtung von Häuserfassaden wird ihr warm.

Vor einer türkischen Bäckerei pirscht sich Lo an eine Entdeckung heran: einen roten Kleinwagen mit offenen Türen, ein eckiges, verblichenes Auto, das praktisch keine Substanz hat und keine richtige Polsterung, von Anfang der achtziger. Eine geöffnete Kiste mit lauter schwerer Musik, The Clash vielleicht. Sie beobachtet die Gruppe im Bäckereieingang, die zum Auto gehört, genau: sieht nach Punk aus, kann aber nicht Punk sein. Die Kinder sind jung, maximal achtzehn, hübsch blass mit unverdorbener Haut und sprechen teils englisch, teils deutsch. Die machen in zwei Jahren Abitur, mutmaßt Lo. Sie tragen keinen Stylepunk,

nicht den Indie-Ausläufer aus Secondhand und H&M, sondern echte authentische Punkkleidung. Enge gestreifte Röhrenhosen, verwitterte Springerstiefel, umwerfend schöne Nietenjacken. Auf der einen steht »Slim«, einer anderen ist eine Blindenbinde auf den Oberarm gestickt. Der Kleinste, der aussieht wie ein Intellektueller, bevor er weiß, dass er einer wird, trägt einen echten alten Armeehelm und einen echten riesigen Patronengürtel, der ihm einen leichten Knick in der Haltung beschert. Die Jungs und auch ein Mädchen raufen, sie fassen sich sehr fest an und stoßen echte Geräusche aus. Sie verströmen wärmende Kantigkeit. Lore bleibt dicht vor ihnen stehen und spürt am ganzen Körper, dass sie im Herzen zu ihnen gehört, aber sie wird nur gemustert, von einem, der sie wohl hübsch findet, aber zu klein, streng, blond und hochgeschlossen. Do you have a driving licence?, fragt einer den anderen. Yes, but an Australian one. That's okay, you drive. Sie drücken sich alle zusammen in das Auto. Lore bleibt verlassen zurück.
Ihr Lieblingsspiel ist es, mitten in der Nacht durch die Straßen von Kreuzberg und Neukölln zu fahren, dunkle Innenhöfe zu betreten und sich von der Angst gegen den Brustkorb schlagen zu lassen. Dazu ist es noch zu hell.

Ein blonder, feister Kellner in der Adalbertstraße hat ein Bündel metallener Bänder über die Schulter gelegt und schlägt die Riemen nun einzeln peitschend über die Tische, bevor er sie mit den Stühlen festzurrt. Sie werden gleich schließen.
Lo rollt so langsam auf dem Fahrrad, dass sie sich mit den

Füßen abstoßen muss, sie ist offen und bereit für den Kampf, geht in ein Internetcafé, um Fruchtkaugummis zu kaufen.
Dort steht sie unentschieden zwischen Sonnenblumenkernen und salzverkrusteten Pistazien vor dem Kühlregal. Hinter ihr zwei dunkle Typen, an die Tische mit den Lottoscheinen gelehnt.
»Ist der Apfel die Sünde?« fragt der eine.
Der andere reagiert nicht.
»Ist es Sünde? Ist es Sünde? Fragen wir doch die Frauen!« redet es in Lores Richtung.
»Die Frau.«
Das spricht Lores akademischen Geist an. Sie möchte Hilfestellung geben, ist sich jedoch nicht sicher, ob die beiden in ihrer Religion das Alte Testament und Evas Fehltritt kennen. So dreht sie sich um.
»Ja. Der Genuss des Apfels symbolisiert die Sünde. In der Bibel.«
Und legt eine Pause ein.
»Ist das göttlich oder menschlich?« fragt er.
»Menschlich natürlich.«
»Ist das Fleisch schwach?«
»Ja«, sagt sie. »Es war schwach.«
»Dein Hintern sieht aus wie zwei frische Äpfel. --- Was schaust du so schockiert? Wenn man es ausspricht, sind die Mädchen immer irritiert. Das Fleisch ist schwach. Hast du selbst gesagt.«
Lo wird schlecht, sie bezahlt schnell das Bier. Und tritt hinaus ins Wetterleuchten.

Es ist ein Anfang.
Sie will, dass ihr die Stadt wehtut. Lo biegt wahllos in einen dreckigen Hauseingang ab und steigt, ohne das Licht anzuschalten, Stufen hinauf. Im fünften Stock erkennt sie eine helle bewegte Ecke und tastet sich voran. In einem halbhohen Weidenkorb liegt ein Gewühl weißer Hundebabys.
»Ich wollte doch gar kein Bier kaufen.«
Sie setzt sich daneben und summt.
»… Oh oh oh. I am in trouble. Darling, I apologize. I need you more than anything. So come back with me tonight.«
Sie öffnet das Bier schnell am Treppengeländer und betrachtet die turnenden Babys. »Ihr habt mich gerettet«, flüstert sie, und die Welpen kriechen blind, aber wach zu ihr herüber und betten sich in die Furche ihrer Beine. Lo wischt sich eine späte Träne aus dem Augenwinkel und schmiert sie den Hündchen ins Fell. Und benetzt ihre Fingerspitzen, die sie ablecken.
»Jetzt sind wir verbunden. Ihr habt meine Tränen getrunken.« Die Welpen fiepen, einige sind unter Lores T-Shirt eingeschlafen. Lore bleibt regungslos sitzen, bis das Licht unten angeknipst wird, schüttelt sie dann schnell ab und rennt an einer Frau, die ein schlafendes Kind mit eingeknickten Schmetterlingsohren nach oben trägt, vorbei auf die Straße.
Malte wird gar nichts merken.

Zwei

Marla brüllt, als sie die Wohnung betritt, und spuckt den Schnuller immer wieder aus. Lore steckt ihn wieder hinein, das Baby schlägt im Halblicht des Zimmers mit dem Köpfchen gegen das hölzerne Bett. Damit will sie mich provozieren, sie ist schon so berechnend, denkt Lo und nimmt sie hoch. Das Baby greift sich erst in ihren Haaren fest und drückt dann mit einer Hand gegen ihren Kehlkopf, mit der anderen in die Vertiefung des Schlüsselbeins. Lo durchflammt Hass und Zuneigung, denn die samtene, feuchte Stirn lehnt Marla gegen ihre Wange und sackt vor Anstrengung immer wieder zusammen, gleitet in einen kurzen Schlaf und wacht von ihrem eigenen Seufzer wieder auf. Sie kann Marla nicht anblicken, irgendwann gibt sie auf.

Was ist das Dilemma? überlegt Lo. Sie kann sich dem Lauf der Dinge fügen und entscheiden, glücklich zu sein, aber sie möchte die schützende Decke aus Traurigkeit nicht hergeben. Es muss eine radikale Lösung gefunden werden!
Lo schaltet den Fernseher ein und schreibt einen Abschiedsbrief an ihre Eltern. Malte soll keinerlei Erwähnung finden. Sie geht zum zweiten Mal aus dem Haus. Die Luft ist voller Mückenschwärme, die Straßenlaternen flackern schon, Lore senkt den Blick, damit ihre Augen rein bleiben. Sie verfolgt eine Katze bis zu den Bouleplätzen und macht hohe zirpende Geräusche mit den Lippen. Die Katze drückt sich unter einem Gittertor durch und betrachtet

von der anderen Seite Lo, die davor sitzt, rennt dann durch eine Hecke davon. Die Schwäne auf dem Kanal umkreisen misstrauisch einen hellblauen Luftballon. Es knallt dumpf von Boulekugeln, die in den Sand fallen.

Wie an jedem Tag kommt die ewig schauspielernde Zigeunerin vorbei. Sie weint in ein Taschentuch und ruft »Madame! Monsieur!«. Wenn man ihr Beachtung schenkt, greift sie einen am Jackenärmel und berichtet, dass sie ihre kranke Tochter besuchen müsse, aber kein Geld habe. Lore bewundert sie für diesen anstrengenden Job. Sie gibt ihr heute ein wenig Kleingeld, worauf die Zigeunerin noch trauriger wird und leise flucht, das Geld reiche nicht. Ihre Tochter liege todkrank in Ungarn, nicht in Berlin-Spandau.
Diese Zähheit beruhigt Lore sehr, und sie entscheidet sich, etwas zu essen und sich dann für eine Weile an eine Hauswand in der Nähe des Rosenthaler Platzes zu lehnen.
Sie fängt Blicke ein von Frauen und Männern. Am meisten wert sind Blicke von Männern in Begleitung einer Frau.
In der Bahn findet ästhetische Belästigung statt. Ein Vater von zwei hässlichen, pubertierenden, brünetten Mädchen erzählt auf Schwäbisch über die Schönheit des Nicolaiviertels. Seine Augen blicken dabei dumm mit pastoralem Ausdruck. Über seinem Bauch spannt ein farbloses T-Shirt. Die Töchter kichern. Lo liest in der Zeitung ihres Nachbarn, dass der israelische Präsident seit den Vergewaltigungsvorwürfen ständig Schlaftabletten nehmen müsse, was sie traurig stimmt.
Ein Mädchen aus Mazedonien redet zu fremden Leuten.

Sie sei Germanistikstudentin. An ihrer Tasche baumelt ein vertrockneter Wunderbaum. Sie trägt blass geringelte Socken und eine nachgemachte Okley-Sonnenbrille. Aus dem schwarzen Männerhemd ragen spinnenartige bleiche Arme. Ihre Hautfarbe ist so bleich und aufgequollen wie bei einer Wasserleiche. Eine mutierte Ophelia aus dem Untergrund von Skopje, wo die Häuser bunt gewürfelt sind, wie sie den Fremden erzählt, weil es keine architektonischen Beschränkungen gebe. Sie spricht von glänzenden Seen direkt um Skopje und einer Zauberstadt. Deren Namen Lo aber dummerweise nicht versteht. Das hätte sich gelohnt. Lore sieht in der spiegelnden Scheibe, dass die Spinne sie beim Verlassen der U-Bahn von der Seite fotografiert.
Es gibt aber auch positive optische Funde in manchen Schülergruppen. Wenn sie an einem Tag hintereinander zwei schöne blonde Kinder mit vollen Lippen entdeckt, wünscht sie sich, sie zusammenführen zu können.
Mitte leuchtet, die Gewitterschwüle ist einer sanften Spätsommerluft gewichen. Mädchen wandeln durch die Straßen mit leicht verwuschelten Haaren, als wären sie gerade erst aufgestanden. Schmale Tücher und Gürtel halten viel zu weite T-Shirts an ihren Körpern, so dass sie immer etwas verloren dastehen. Ein Herr rezitiert leise Kurt Schwitters an der Ecke Münzstraße, Alte Schönhauser: »Meine süße Puppe, mir ist alles schnuppe, wenn ich meine Schnauze auf die deine bauze.«
Totenköpfe, Sternschnuppen und Ponys bleiben in handgewebten Kaschmirfasern hängen oder schlittern über französische Seide.

Pärchen drücken sich glücklich die Hände, wenn sie ein besonders außergewöhnliches Café entdeckt haben, und lieben sich dort viel intensiver. Die Liebe hängt doch auch immer von der Rahmung ab, überlegt Lore. Und ich könnte täglich meine existentiellen Abhängigkeiten wechseln, wenn ich nur wollte.

Lo atmet durch und saugt den Geruch nach Jasmin ein.

Sie entscheidet sich gegen den Italiener, denn es wäre unangenehm dort alleine, und für einen kleinen, klebrigen China-Imbiss.

Betrunken von den Erlebnissen, wartet Lo auf das Essen und macht ein paar Notizen. Der Kellner fragt, was sie da auf einen Zettel schreibe. Einen Brief oder für sie selbst. Lore bejaht letzteres. Ist auch besser, sagt er.

Warum ist Ich besser als Zwei? Vor ihr hängt ein altes Werbeplakat eines Kung-Fu-Centers. Die Krieger bilden eine Formation, rechts und links ein Junge mit Säbel, einer über ihnen im Sprung, der vierte im Zentrum macht Spagat. Hinter ihnen liegt eine verschneite Tannenlandschaft, der Eingang zu einem Wald. Es ist keine Fotomontage, denn man erkennt Schatten und Schneeflocken auf der Hose. Sie haben nackte Füße und Oberkörper. Wahrscheinlich, um den Schmerz der Bewegung durch die Kälte noch zu steigern.

Ein Pärchen setzt sich an den anderen Tisch. Er streicht ihr mit einer sehr luftigen, leisen Bewegung eine Strähne aus dem Gesicht und fährt dann über die Stupsnase des Mädchens. So etwas tut Malte nie bei Loretta, er nimmt sie immer ganz mit großen, greifenden Gesten in die Arme, um seiner überbordenden Liebe ein geringes Ventil geben zu können.

Während Lore die Nudeln hinunterschlingt, entdeckt sie in einer alten Tageszeitung die Abbildung einer Installation von Hedi Slimane: *Sweet bird of youth.* Über einen schrägen, langen Spiegel kann man hineingleiten, sich selbst beobachten im schwarzen Spiegel, Federflügel ruhen still zusammengefaltet, warten ohne Sorgen, sie müssen sich auch gar nicht mehr erheben, und das wirr, aber durchdringend klare Knäuel aus Neonröhren spiegelt die Gedanken wider, auf weiße Steine drapiert, der Sockel schafft dem Willkürlichen Bedeutung.
Ihr Handy vibriert. Sie muss nach Hause.
In der SMS steht: Kleines, wo bist du? Das Licht war an, und Marla weint. Im Wohnzimmer ist Tinte verschüttet und in der Küche ein Regal aus der Wand gebrochen.

Über dem Zoo

Über Lores Stadt wohnt ein böser Geist. Wenn er gen Osten zieht, macht er sich in der Karl-Marx-Allee breit. Er legt sich über die Straße mit seinem breiten, flachen Körper und drückt ihr auf den Scheitel, das Stück Luftröhre zwischen Kehlkopf und Sternum komprimiert sich. Gleichzeitig reißt er ihr aber auch irr die Augen auf für die Weiten und Fluchten. Man kann seine Feinde am besten ausschalten, indem man sich mit ihnen anfreundet. So bitte, mach mein Herz böse, dass wir Freunde werden, fleht Lore.
Die altruistischen Menschen kleben sich ein Mäusefell un-

ter das Kinn, damit der andere auch etwas davon hat, wenn er den Altruisten streichelt. Der Irrsinn hat besonders die klaren Augen älterer Damen befallen, die Stumpfen versinken in Trübnis und Fett unter Anoraks. Pest Cholera Mainstream, wirbt ein Radiosender in der U-Bahn. Streichel mich. Pferdehorden donnern durch die Schluchten und hinterlassen einen stillen pfeifenden Wind und ein verletztes Fohlen, das sich das Knie leckt.
Am Balkon einer ehemaligen Funktionärswohnung steht eine Frau und schneidet Blumen die Köpfe ab, ein Mann hängt über dem Fensterbrett. Dieses Jahr ist die Selbstmordrate erstmals unter 10 000 gesunken. Wenn es ein Leben gäbe, wäre ich gern dabei.

Lore läuft um den Zoo herum, sie ist mit Herrn Katzenellenbogen verabredet. Sie hatten sich bis zu seiner Entlassung aus der Klinik immer wieder auf eine Zigarette bei den Teichen getroffen. Am letzten Tag entwarfen sie einen genauen Plan für das Wiedersehen, den Ort schlug Lore vor.
Die Männer liegen auf den warmen Lüftungsschächten, wenn es Abend wird. Proleten umklammern behinderte Frauen, die sich zieren, aber dem Drängen doch nachgeben, einmal erwischte sie einen Liliputaner mit langen schwarzen Haaren beim Scheißen. Man ist hier einfach. An der Ecke zur Hertzallee liegt jeden Tag ein neues durchweichtes Bündel aus zerfetzten Turnschuhen und knöternen Sweatern. Unter den Bäumen mit den Gichtästen liegen marillenfarbene Früchte schon seit Monaten, die nach Verwesung

riechen, nur einen Baum weiter kullern Litschis. Neben den Briefkästen ist der Boden klebrig von Urin. Ein Koreaner mit einem Gesicht wie ein steinerner Grenzpfeiler hat sich gegen einen Kasten gelehnt, und Lore denkt, er weint still, doch er arbeitet nur an der Lösung einer Gleichung, wie man an dem Spiel seiner Hände sieht.

Lore sagt den Pennern freundlich guten Tag, wenn sie vorbeigeht, sie pfeifen dann und schreien unbändig, sie würde sich viel lieber ernstgenommen zu ihnen auf die Brüstung setzen. Manche verwittern einfach wie die Häuserfassaden. Das Gewebe ihrer Kleidung löst sich auf, die Schuhe zerfallen, die Haut wird von der Kälte rot und glatt, die Füße weiß borkig von der wuchernden Hornhaut, manche Zehen frieren ab und hinterlassen Zerklüftungen, in denen dann die Tauben nisten.

Einer nähert sich ihr von hinten, alkoholische Schweißperlen im Gesicht, und streckt seine Hand aus. »Entschuldigung, Ihr Haar fliegt.« Der Wind hat tatsächlich ein paar Strähnen nach oben gewirbelt. Sein Begleiter schreit: »Vorsicht! Das ist nicht Esmeralda.« Er schaut Lore noch einmal genau an und raunt in ihr Ohr: »Tschuldigung.« Und zieht die Hand wieder zurück. Doch den Blick lässt er nicht von ihr und flüstert drängend:

»Ich gebe Ihnen diesen Anhänger mit, das ist ein Stück, geschnitzt aus dem Huf einer Stute. Diese Stute war das treueste Tier auf dem Hof bei Glatz, wo ich vor langer Zeit arbeitete, doch eines Tages riss sie aus, nicht aus Böswilligkeit, sondern vermutlich aus einer Laune heraus, um festzustellen, was sie neben dem Acker und dem Gehöft noch zu erwarten hatte. Sie geriet jedoch auf ihrer Reise an den Rand eines Sumpfes. Das Schwirren der Libellentiere und der Geruch nach feuchten Pflanzen kitzelten sie in den Nüstern, und ihr Kopf wurde ganz wirr, sie verstieg sich immer tiefer in die Sümpfe. Während die Rehe über das feuchte Erdreich flogen, war der Weg für die Stute beschwerlich. Sie war ja ein zentnerschwerer Ackergaul und nur die lehmige Ackererde gewohnt, die immer in Klumpen von ihren Hufen abfiel. Die weiche Nachgiebigkeit des Bodens irritierte sie, doch sie richtete den Blick auf die Rehe, die schwerelos herumsausten. Sie blieb wohl unter einer Wurzel hängen und grub sich in ihrer Hysterie immer weiter in den Boden hinein, sie sackte mit allen vier Hufen in den Morast. So verendete sie, und Adam, mein Hofherr, fand sie Tage später tot, mit unendlicher Trauer unter den verschlossenen Lidern, zu Füßen des Baumes. Sie war übersät mit schillernden Tieren, grünen Käfern, Libellen, Fliegen mit irisierenden Augen. Die Neugier hatte ihr das Genick gebrochen, das Gewissen der Untreue begleitete sie in den Tod, doch für Adam war seine Stute ein lebendiger Juwel geworden. Er ließ sie dort liegen und schnitt ihr nur einen Huf ab, den er aus der Erde hob und zu Hause daraus dieses Amulett schnitzte. Als ich nach B. auszog vor vielen Jahrzehnten, legte er es mir übers Herz.«

Lore nimmt den abgegriffenen Talisman an sich und sieht zu, wie der Penner einfach so umfällt. Die Männer grölen, sie begibt sich in angemessene Entfernung.

Der Lauteste unter ihnen, ein noch nicht vierzigjähriger Osteuropäer mit verfilzten langen Haaren, scheint der An-

führer der Obdachlosen zu sein. Alle Laute passieren seine Kehle ungefiltert, er bewegt sich nach vorne drängend mit der unverstellten Grazie eines Tanzbären. Sein rotbraunes Gesicht ist durchfurcht von einer stolzen Milde, die er sich leisten darf.
Böse Blicke folgen ihr, als sie sich an der Bahnhofsmission ein halbes Marmeladenbrötchen holt. In den Fenstern zur Straße hängen Briefe an verlorene Kinder und Männer aus. Lore betrachtet sie lange und kauend. Fehlerfrei auf unsauberen Papierstücken. »Wir vermissen dich«, schreiben fast alle, und Dinge in der herzlichsten Ehrlichkeit, dass Lore sich fragt, warum diese Menschen von den Geliebten weggegangen sind, auf die Straße, für immer verschwunden aus allen Registern.
Um drei ist sie mit Herrn Katzenellenbogen verabredet.

Er steht da in einem Lodenmantel, den Blick auf die Hardenbergstraße gerichtet. Lore berührt ihn von der Seite, und er bietet ihr seinen Arm. Sie dirigiert ihn in eines der Verwaltungsgebäude, durch eine Hintertür, ein steriles Treppenhaus hinauf. Herr Katzenellenbogen keucht bei den letzten Stufen, vor einer schweren Feuerschutztür bleiben sie stehen. Lore tastet nach dem Schlüssel auf einem Schaltkasten und lässt die Tür aufspringen.
Drinnen ist die Luft leicht und sonnenhell, eine Kabine, eine gläserne Kapsel über dem Zoo. Sie ziehen Schlieren durch den Staub auf dem Kunststoffboden. Wenn es nicht so stehend warm wäre, würde man vermuten, man sei im Freien. Die Decke der Kapsel wiegt nichts und scheint

nach oben zu streben. Herr Katzenellenbogen nickt und freut sich mehr über Lore als über den Ort. Sie seufzt und sagt:
»Das ist wie Philip Johnsons Glass House in Connecticut hier. Schau diese Klarheit. Westberlin ist klarer, siehst du das? Das Bayerlogo dreht sich, ich betrachte es stundenlang, und durch die zerbeulten Metallrollläden der Technischen Universität fährt der Wind und bewegt die Lamellen.«
»Wie geht es Ihnen, Fräulein Lore? Sind Sie noch oft in der Klinik? Habe Sie nicht mehr gesehen ...«
»Nein. Malte nimmt mich nicht mehr mit nach einigen Vorfällen.«
»Aber Sie waren in der Bibliothek?«
»Ja, einige Stunden.«
»Sie müssen noch ein bisschen lesen. Hat Ihnen das denn keiner beigebracht? Ich habe Sie oft vom Fenster aus an den Fischteichen beobachtet. Sie kommunizieren mit den Dingen wie durch eine poröse Haut. Das ist nett anzusehen, mein Fräulein. Aber ich sorgte mich, wie ich Sie so ansah. Ich dachte, die Bibliothek würde Ihre Vernunft anregen. In Ihnen schlummern Schönheit und Talente, aber Sie verbrauchen Ihre Energie für reine Affekte.«
»Was, was, was?«
»Reißen Sie sich los von dem, was Sie zerdrückt, und reißen Sie sich zusammen. Ich meine es wie ein Vater. Ich liebte Sie vom ersten Augenblick an, Lore.«
Lo nickt und kuschelt sich an den Lodenmantel.
»Wir könnten hier überwintern.«
Er streichelt ihr über den Kopf.

Monegassisches Seeufer

Malte lässt englische Ausdrücke einfließen in seine Sprache. Es gibt eine Bezeichnung dafür.
Malte spricht ihren Namen sehr oft *L-ooh*. Wie *Low*, weich und lang. *It's your decision. You decide. Come on. Kmon.* Dabei entscheidet sie ja nie etwas. Aber Malte sagt es ständig. Vor allem *Kamon, Lo-oh.*
Sie wollte unbedingt diesen marineblauen Kinderwagen mit dem kleinen silbernen Pferd. Es würde niemals glanzlos werden mit Malte an ihrer Seite. Das Pferdchenlogo wird von ihm poliert wie die Felgen des Saabs.
Die verwelkten Blüten der Nelke müssen abgeschnitten werden, nur eine blüht noch. Bei der Säuberung reißt Lo den Stängel an, so dass nach wenigen Stunden auch die letzte rosa Blüte verwelkt.
Sie kann sich nicht zurückhalten, Marlas Babygläschen zu essen. Sie schüttet Salz in das pürierte Bio-Rinder-Mus und löffelt dann Birne mit Apfel, Müsli in Früchten, Gute-Nacht-Vanille-Traum. Marla schreit durchdringend. Angeblich empfinden Babys Hunger als Schmerz.
Lo hat den Mund voller Brei, während sie Marla an die Brust legt. Das Baby beißt in den T-Shirt-Stoff. Aber die Milch will nicht kommen.
Der Babybrei ist alle, nachts um halb eins. Was für eine bescheuerte Uhrzeit, wie im Krimi, denkt Lo. Malte hat Dienst. Sie steckt Marla in einen leichten Sommerstrampler und in den Wagen, spült den Nachgeschmack des Breis mit einem Bier auf der Straße hinunter. Und schleudert die

schnell geleerte Flasche gegen eine Litfaßsäule, die hohl nachklingt. Lore schiebt schnell mit dem Fuß die Scherben der Becksflasche zusammen. Sie fahren zum Hauptbahnhof, die Menschen drehen sich um, weil elegante Mütter nicht die U-Bahn benutzen. In den beleuchteten Ladenlokalen sind die Pullover den schwangeren Damen über die Bäuche gerutscht, und sie halten triefende Farbroller in den Händen. *Wir sind ein Familienunternehmen* steht auf ihren Stirnen.

Lore zieht das rechte Bein leicht nach, es ist taub geworden. Ein einziges Mal war sie auf die Idee gekommen, Marla den Schnuller mit Heftpflaster ins Gesicht zu kleben.

In der Bahn setzt sich ein gelockter Architekt oder Redakteur neben sie, sie bittet um einen Kuss, und zum Glück ist er schon zu betrunken, um zu verstehen, dass der Kinderwagen zu ihr gehört.

Er küsst so geschickt, dass es an Routine grenzt. Obwohl er Ende dreißig ist, sieht er aus wie ein typischer Gymnasiast. Er meint, man müsse die Polizei rufen, wegen des verlassenen Kinderwagens, denn die Bahn hat sich geleert. Da muss Lore es zugeben und tut betrunkener, als sie ist.

Der Architekt oder Redakteur beginnt davon zu erzählen, dass er schon sieben Jahre mit seiner Freundin, einer Grafikerin, die für die Vanity Fair arbeitet, zusammen ist und sie einfach nicht schwanger werde. Er bewundert das Baby, findet es außerordentlich, der Geruch erinnere ihn an etwas Bekanntes. Lore zieht ihn zurück auf das Veloursposter und schlägt ihm einen Drink vor. Aber der Redakteur oder Architekt kehrt seine menschliche Vernunft zusammen und steigt an der nächsten Station aus. Lore an der übernächsten in einen Bus Richtung Grunewald. Sie wollte eigentlich in der Apotheke am Hauptbahnhof ein Gläschen Brei für Marla kaufen. Dann eben auf dem Rückweg.

Der Wagen rollt an neoklassizistischen Villen vorbei, sie fotografiert mit dem Handy alle Häuser, die als Familiendomizil in Frage kommen, und biegt dann in einen staubigen Seitenweg ein, ohne Licht. Die Fotos sind schwarz geworden. Der Kinderwagen rollt ohne Zutun, sie erblickt den See.

Malte hatte ihn entdeckt. Tagsüber kann man die Bungalows mit Bootsanleger sehen, das versonnen gelbe Hotel, als wäre man in Monaco, dabei war sie noch nie in Monaco, hat nur kleine abgepackte Hotelartikel, Shampoos und Lotion, die Malte ihr von einem Ärztekongress mitgebracht hat. Aber es handelt sich hier um eine monegassische Komposition mitten in Berlin. Jetzt kann man nur eine Seerose erkennen, die sich kurz vor dem Aufplatzen halb über die Wasseroberfläche hinausgeschoben hat. Lore spuckt in die Stille, das Baby schläft.

Malte und sie phantasierten, auch für Lore einen Wagen zu bauen, wie einen Katzentransportkorb, mit Vichykaro und Babylammfell ausgekleidet. Ohne Fenster, Lore könnte nur durch das Geflecht schielen. Dann müsste Malte sie beide an die frische Luft bringen, Marla schieben und Lore hinter sich herziehen, denn der Katzenkorb hätte vier Räder und eine goldene Kordel.

Am liebsten würde sie das Baby ertränken, damit Malte wütend auf sie wäre. Aber vermutlich würde auch das nichts ändern, er würde sie niemals verraten und nur weiter an sich binden, den schwebenden Babygeist in einer Kapsel mit einem Goldkettchen an ihrem Fußgelenk befestigt. Malte würde es schmerzverzerrt tragen, sie träfe keine Schuld. Höchstens das Monster in ihr, aber das könnte er der Polizei nicht erklären. Gemeinsam würden sie weitere Geheimnisse tragen und nach Dubai auswandern. Dort könnten sie sich endlich einen Cocker anschaffen. Aber Marlas Existenz ist an sich schon eine riesige Provokation.

Lore fällt eine Entscheidung.
Sie fährt zurück, vergisst den Brei im Hauptbahnhof, legt Marla ins Bettchen, Malte hat Notdienst, und wartet das Morgengrauen ab.

Kornfeld und Auen

Loretta schaut über ihre Lederhandschuhe auf die Auen, durch die sich die Straße schlängelt, sehr entschieden tut sie das, durch die schillernden Verfärbungen der Windschutzscheibe. Die Weiden reihen sich an den Wassergräben mit den Wurzeln nach oben, schwarze Silhouetten wie auf den Broschen aus dem Seidenmalkurs. Marla schreit. Sie hat wohl etwas Haut am Oberarm mit dem Sicherheitsgurt eingeklemmt. Loretta heult auf, das Radio auch, ihre

Hand macht sich selbständig am Lautstärkeregler, dreht, dass es dröhnt, denn die Boxen des alten Saabs sind mies. Sie erträgt es nicht, dass es nicht klappt, Marla einfach den Mund zu verbieten. Eine gute Tat, einen Schnuller in den Mund stecken, Honig ums Maul schmieren, ein singendes Wort, Maaahrla, so sanft wie Honig auf dem Schnullergummi. Kein Effekt, wie beim ersten Mal Reiten der Versuch, das Pferd zu bedienen, zu schalten, einen höheren Gang einzulegen, gar zu bremsen. Marla ist ein kleines Tier.
Es nützt nichts, ihre Frequenz ist noch zu hören, selbst bei lautester Musik, sehr geschickt von der Natur. Lore fährt rechts auf einen Feldweg. Der trockene Kieseluntergrund hüllt das Auto für einen Moment in eine Staubwolke. Sie wartet einige Sekunden, bis sie die Tür öffnet, und mischt dann über den Kofferraum gebeugt Milchpulver und stilles Mineralwasser, schüttelt das Fläschchen heftig und führt es dann Marla zwischen die Lippen, diese prustet kurz, nuckelt dann aber selig. Sie ist eine Mutter, die mit einer Hand die Flasche hält und ihr Kind betrachtet, dessen Haare fast weiß sind und die Augen heute ein wenig wie blind, aber gleichzeitig durchdringend durch den eigenen Schleier. »Ich wollte kein Mädchen. Ich werde Marla wie einen Jungen erziehen.«
Sie hatte es sich vom Arzt verschweigen lassen, bis zur Geburt hatte sie gehofft, denn sie dachte, wenn es erst einmal da ist, wird es egal sein. Solange die Beruhigungsmittel sie noch dämpften, war es auch so.
»Mein Baby, genug.« Marla ist ein Kind, das seine Mutter anlächelt und ein paar greifende Bewegungen mit der

Hand macht, damit man es herausholt aus der Schale. Lore schnallt sie ab und drückt sie an sich. Sie fühlt sich wie ein Outlaw, im rot-schwarz karierten Hemd, mit derben Lederstiefeln. Marlas Sommerkleid hat einen abgeschnittenen Saum und kleine Flecken, die wie Streublümchen aussehen.

Sie läuft mit dem Kind ein Stück durch das Kornfeld, hebt es hinab, dass es die Spitzen der Ähren sehen kann, die Grannen die Füße berühren, zeigt ihm eine Mohnblume an der Wange und lässt eine Kornblume gezielt im blinden Blau seiner Augen reflektieren. Sie durchstreifen sinnlos das Feld.

Ein Vogel entfaltet seine Flügel langsam. Man erkennt an der Unterseite seiner Schwingen die Zeichnung der Federn wie gewaschener Sand. Dann schreckt er unruhig zwischen den Ähren hervor.

Sie gehen zurück zum Auto.

»Wahrscheinlich muss sie gewickelt werden.« Lore packt das Baby auf die heiße Motorhaube und versucht nicht hinzuschauen, während sie es mechanisch säubert. Malte hatte ihr das, so gut es ging, abgenommen. »Du bist ein wenig depressiv gerade, ich mache das. Geh ein wenig spazieren.« Und wenn sie das Kanalufer wieder zurückkam, lag Marla strahlend und frisch gepudert in ihrer kleinen Wiege, einmal angestoßen, schaukelte das Bettchen fast unendlich weiter.

Lore bettet Marla wieder in ihren Sitz und trinkt den Rest aus der Flasche, nachdem sie den Sauger abgedreht und ihn Marla in die Pfötchen gegeben hat.

»Weiter, Kleines.« Tür zu, Motor an. Trotz der Hitze sind die Flüsse in der Ebene stark angeschwollen.

Milchhof

Es ist Spätsommer in den Mittelgebirgen. Eine Ebene voll Wiesen von Wassergräben durchschnitten, an denen Blumen, verdorrte Gräser und Pfeifenputzer stehen. Vereinzelt blitzen riesige, weiß gelackte Findlinge auf den Heuwiesen. Es geht ein leichter Wind, Grillen zirpen, bei jedem Schritt, den man zwischen den Gräsern tut, spritzen sie zur Seite, ein Feuerwerk brauner und grüner Insekten. Es ist sonst still, auf einer entfernten Bahnbrücke gleitet ein ICE vorbei. In der Luft hängt das Geräusch von Flugzeugen. Auf der einen Seite des Wiesenkosmos ist der Himmel wasserfarbendunkelblau, auf der anderen noch hell, doch es wechseln auch helle Wolken vor die dunkle Kulisse und verharren dort einzeln, wie gerade aus einer geöffneten Tüte gelassen.
Lo sieht sich von oben in einem dunklen Saab über die Straßen gleiten. Er fährt über eine Bodenwelle, die Luft zerflimmert das Autobild ein bisschen.

Als sie an einem brüchigen Heuschober vorbeifahren, holt sie sich den Blick wieder zurück und bemerkt eine Bewegung zwischen den Streben eines Leiterwagens. Durch verwitterte Holzstreben sieht man einen Ausschnitt milchiges Mädchen.

Eine Katze knallt gegen die blinde Fensterscheibe des Schuppens, in Wirklichkeit ist es ein Reiben. Wenn sie das Fenster berührt, gibt es jedoch einen herben Knall.
Das Mädchen gleitet affektiert mit seinem Körper an den Streben entlang.
Lo hat angehalten und die Tür geöffnet. »Was machst du da?«
Das Mädchen auf dem Wagen deutet mit dem Kinn in Richtung der Weide nebenan, auf der weiße Kühe stehen.
Lo schaut einer Kuh hinterher, die zur Tränke läuft. Ihr Hinterteil ein aufreizendes Schwingen der beiden Keulen nach oben und unten. Die Hufe werden sehr elegant gehoben und kurz abgeknickt beim Laufen. Sie trinkt, das helle Geräusch von frischem Wasser und das süße, wollüstige Schaben der Nappaledernase an der Innenwand des Holzbottichs. Es scheint, als rührten die trägen Sommerfliegen sie nicht an. Das Mädchen auf dem Leiterwagen ist so eine natürliche, junge Calvin-Klein-Model-Schönheit, vielleicht sogar eine Kate-Moss-Schönheit.
Lo stellt den Motor ab. »Du, komm doch mal«, sagt das Mädchen. Als Lo auf den Wagen klettert, wird ihr kurz schwarz vor Augen. Näschen in die Sonne strecken, lautet der unausgesprochene Befehl. Vor Los geschlossenen Augen entfalten sich rotgeäderte gelbe Blütenkelche.
»Wieso fährst du hier lang?«
Lo schaut nach oben. Ein Flugzeug am Himmel.
»Eigentlich würde ich jetzt im Flieger sitzen. Richtung Gomera auf die Kanaren, aber ich bin nicht mit. Und dann hab ich mich ins Auto gesetzt und bin drauflosge-

fahren. Irgendwie muss ich mir ja den Sommer vertreiben.«
»Und da bist du zufällig hier vorbeigekommen?«
»Nein, ich folgte einem Pferd, das am Seitenrand der Straße entlangtrabte, weil es durch alle Bundesstaaten hindurchmusste, um zu seiner Familie zurückzukehren. Aber jetzt habe ich es verloren.«
Sie springen wie choreographiert ins Gras, und die Grillen spritzen zur Seite, sie laufen in den Spuren eines Traktors durch die Wiese zu einem Feldweg. Lore pflückt Blumen. Als sie Schafgarbe abreißt, sie muss etwas ziehen, denn der Stängel ist zäh, hängt die Wurzel mit dran.
»Die kannst du gleich wieder wegschmeißen. Die halten sich nicht in der Vase.«
»Was?«
»Wenn du sie in die Vase stellst, werden sie matschig. Und die hier auch.« Das Mädchen zieht einige Blüten aus Lores zusammengepresster Hand, dass sie feine rote brennende Striemen in den Handflächen bekommt.
»Die gehen nicht ein.« Und das Mädchen schneidet mit einem Taschenmesser einige Stängel Pfeifenputzer ab. »Für die Trockengestecke.«
»Und du?« fragt Lo.
Das Calvin-Klein-Mädchen erzählt:
»Ich bin mit den Mädchen da drüben untergebracht, das ist eine alte Porzellanwerkstatt und eine Weberei. Ein Projekt für arbeitslose junge Frauen und andere weibliche Problemfälle, sozusagen Vorzeigeprojekt der Agentur für Arbeit. Mindestens einmal pro Woche kommt ein Kame-

rateam, um eine Dokumentation für RTL oder andere Private zu drehen. Die sind natürlich geil auf Geschichten. Das Spannende ist auch, dass dieser Ort absolut geheim bleiben muss. Die Journalisten halten sich dran, denn falls etwas durchsickert, ist's mit der Karriere vorbei. Und der Nachrichtendienst hat ein Auge auf die. Aber währenddessen kümmert sich keiner um uns. Und wir machen einfach, was wir wollen.«
»Wie lang bist du schon hier?«
»Zwei Jahre. Und danach bin ich ausgebildet zur Feinsteinzeugkeramikerin. Aber die Ausbilder sind auch fast nie da. Und wir sind auch nur Frauen.«

Sie schlüpfen durch ein Loch in einer dornigen Schlehenhecke, und vor ihnen liegt ein verwachsenes Gebäude. Lore bekommt Lust, ihm ein bisschen Unkraut aus den Öffnungen zu ziehen, so wie die Mütter ihren Babys mit dem Finger in die Ohren- und Nasenlöcher fahren, um sie zu säubern. In den Vorbeeten ist der Rasen ganz kurz, durchsetzt von festem leuchtendem Moos und Steinwurzen, es sieht aus wie Hunderte Jahre alt.

Sie kommen vor der Tür des Wohnhauses an. Lo besinnt sich, sagt:
»Warte mal. Ich muss das Auto noch zur Seite fahren und …«
Sprintet vom Hof um die Ecke zurück zum Wagen, fühlt dem erhitzten Kind die Stirn, lässt den Motor an, setzt zurück, nach vorne, zurück, kracht mit dem Hinterteil gegen den Schuppen, rangiert direkt in ein kleines Wasserloch.

CK ist währenddessen auch wieder zurückgekommen und schaut ihr zu. Lo löst panisch, vorsichtig das Baby aus dem Sitz, steigt aus, bekommt nasse Füße. Es gibt das Geräusch von Wasser in den Schuhen.

Die Haustür fällt zu. Der Fußboden ist aus alten Fliesen, schwarzweißes Schachbrettmuster mit schönen Intarsien. Überall Risse. Etwas staubig. Alt, diffuses Licht. CK zieht sich die Sachen aus, bis auf die Unterhose. Lo starrt sie an.
»Komm schon. Würd ich auch machen an deiner Stelle, im Gras sind überall Zecken, und eine Frühsommermeningitis ist nicht witzig.«
»Ist doch Spätsommer.«
CK überhört's, und Lo legt das Baby beiseite, zieht sich aus. CK greift die Klamotten zusammen und schüttelt sie aus dem Fenster. Es fallen tatsächlich Zecken heraus. Sie klopft sich ab, klatscht über ihre Haut.
»Komm mal her.« Und klatscht auch Lo ab, bis diese ganz rot wird.
Eine Katze kommt rein. Es ist die Katze aus der Fensterscheibensequenz. Im Vorbeigehen streicht Lo ihr übers Fell.
»Boah, die ist ganz warm.«
»Ja, früher haben sie aus Katzenfell Rheumaunterwäsche gemacht, wegen der speziellen Erwärmung.«
CK betrachtet das Baby.
In den Ecken des Hauses liegen tote, verstaubte Grashüpfer.
Die Tapeten an den Wänden sind voller Risse und rollen

sich an manchen Stellen ein, wie die Spitzen von jungen Farntrieben. Sie gehen in die Küche. Am Tisch sitzt eine junge Frau aus einem Vermeer-Gemälde und säugt ihr kleines Baby. Sie schaut auf, wobei ihre Brustwarze aus dem Mund des Säuglings gleitet. Lo starrt sie an. Ihr steigt die Röte in die Wangen, sie starrt auf die Brust der Frau und das geöffnete Mäulchen des Säuglings, tritt von einem Fuß auf den anderen.
»Das ist Kathi.«
»Hey. Schön, dass du da bist.«
»Soll ich dir was zu trinken machen?«
Lo nickt etwas betäubt.

Im Hintergrund brühen Mädchen frische Malvenblüten auf, die Küche ist eingedampft, und sie haben magentarote Finger und erhitzte Gesichter. Der Tee dickt vor Farbe, seit Jahrhunderten vergessen die Menschen, dass das Licht die Farbe macht. Alle vergessen das, ständig. Der Malventee ist stabil dunkelrot und riecht nach feuchtem Metall.
Babys sitzen auf der Terrasse und malen mit dem abgekühlten Sud auf Papierbahnen.
Granatapfelsaft geht auch nicht mehr rauszuwaschen, denkt Lo. Es zerplatzte mal einer vor ihrer Brust. Die Spritzer blieben für immer neben den Bugs-Bunny-Hasen ihres Sweatshirts.

CK öffnet den stark sirrenden, riesigen Kühlschrank, gießt Milch in zwei Gläser.
»Für mich Karottensaft«, sagt Kathi. »Du hast schöne Haa-

re!« Sie kämmt mit den Fingern durch Lores Haar und streicht ihren Pony zurecht. »Ich mag Haare ziemlich, die haben so ein Eigenleben, obwohl sie am Körper dransitzen. Ich liebe die wilden Bärte von Männern, es ist so versaut. Und überhaupt die Struktur. Wenn du vor einem frisch gepflanzten Wald stehst, wo die Stämmchen dicht an dicht wachsen, oder wenn die Spaghettis im Topf zu Strähnen verkleben, entsteht überall diese tolle Haarstruktur.«
CK öffnet das Gefrierfach, zieht eine festgefrorene Pakkung Vanilleeis hervor, öffnet diese am Küchentisch und versucht, das steinharte Eis herauszuschaben.
»Kannst du Kathi mal einen Karottensaft bringen?«
Und lässt einzelne Bröckchen Vanilleeis in die Milch plumpsen, rührt darin herum, spritzt Milch über das Holz.
Lo bemerkt, dass sie fast nackt ist.
»Wo hast du denn unsere Klamotten …«
»Ach ja, warte.«
CK stürmt raus, Lo hinterher, aber langsam. Am geöffneten Fenster, durch das die Sonne hindurchscheint, hängen aber nur noch CKs Sachen. CK beugt sich über die Brüstung und schaut hinunter.
»Warte.« Berührt Lo mit der Fingerspitze am Arm und nimmt einfach ein Kleid vom Wäscheständer, der in einer Ecke steht.
»Kannst das haben.«
In der Küche gießt sich Kathi unterdessen selbst einen Karottensaft ein, das Baby strampelt auf dem Küchentisch und schreit.

»Scheißkinder«, raunt CK, »wir haben hier noch ein paar, da kannst du deins gleich dazutun. Aber pass auf, dass sie es nicht verwechseln.« Sie gehen wieder in den Flur, jeweils ein Vanillemilchglas an den Lippen, und schauen durch einen Türspalt. Ein kleiner blonder Junge hängt am Boden, es läuft eine Kassette im Rekorder. Französischvokabeln.
»Der hört den ganzen Tag selbst aufgenommene Kassetten, hat er in einer Kiste auf dem Dachboden gefunden. Den musst du einfach ignorieren die nächsten Wochen, dann ist er hier weg.«

Die Katze läuft herum und gibt ein klagendes Maunzen von sich. CK gießt ihr die restliche Vanille-Milch in den Napf, wobei einiges über den Rand schwappt und langsam über den Boden fließt.
»Wie heißt du denn?«
»Loretta. Aber sag mal, gehst …«
»Okay. Hey.«
»Sag mal, gehst du davon aus, dass ich hier bleibe?«
»Und wie heißt das Kleine?«
»Marla.«
»Jetzt kennen wir uns und können uns öffnen. Ich denke, du hast Zeit, Baby. Und das Auto kriegen wir so schnell nicht aus dem Graben.«
»Nee, du.«
»Mmh?«
»Das geht nicht, ich habe gar keine Sachen und überhaupt.«
»Kathi kann Marla mitstillen. Komm.«

CK bugsiert Lore die Treppe hinauf.
Aus einem der Zimmer ertönt Klaviermusik, Chopin für bessere Töchter, von einer sehr leichten Hand gespielt, CK schiebt Lo weiter in eines der Zimmer. Ein breites Bett mit einem naturweißen Überwurf. Ein Nachttisch mit Marmorplatte, eine Waschschüssel mit Kanne aus Porzellan. Altes, spitzendurchwirktes Gewebe vor den Fenstern, ein Lammfell am Boden.
Lore lächelt, als könnte sie das alles nicht ernst nehmen, als wäre das alles eine große Inszenierung für Kinder.
»Siehst du: Gästezimmer. Haben wir mehrere. Für die Ausbildungsleiter und so.«
CK geht raus, Lo blickt sich fasziniert um, schlägt mit dem Fingernagel gegen die Porzellanschüssel, dass es klingt. Ihr Blick schweift über ein Poster an der Wand. Sie schlägt den Überwurf zurück: Das Bettlaken darunter ist sehr verknittert, als hätte kurz zuvor noch jemand darin geschlafen. Ein Bügeleisen zischt nebenan über Leinen.
Lore deckt das Bett wieder zu. Betrachtet eine Reihe Dosen und Fläschchen, Puderquasten aus Kaninchenfell mit Satinschleifen und ruft amüsiert Richtung Flur: »Ihr seid aber verdammt gut ausgestattet, sieht eher nach der Kosmetikabteilung der Lafayette als nach Ausbildungsvertrag aus.«
Es kommt keine Antwort, nur die Katze schlüpft durch den Türspalt. Lore scheucht sie raus, geht hinter ihr her. Wandelt ein bisschen durch das Haus.
Sie betritt einen Innenhof und lässt die gewölbte Hand auf einer prallen Hortensienblüte ruhen.

»Die Hortensie ist schon ziemlich alt und heißt Dolly«, sagt eine Mädchenstimme hinter ihr.
»Wie das Schaf?« fragt Lo.
»Nein, wie der Pornostar.«

Die Werkstätten

»Lanciert, broschiert. Oah. Points de Gaze«, schreit ein Mädchen.
»Geflammt, durchwirkt. Buuh. Lamé.«
Lore tritt zwei Stufen hinab. Vorsicht Stufe, sagte der Penner am Zoo immer zu den Passanten, die aus diesem Grund auf planer Strecke stolperten. Sie betritt eine Art Waschküche mit rohem Estrich und abgestelltem Gerät. Der Eingang zur Werkstatt ist eine Stalltür, über der die Neonbuchstaben »O« und »T« angebracht sind.
Es schließen sich zwei langgezogene Räume an, die Weberei mit Klöppelstube und die Töpferei. Der Ofen und die Wasserbottiche sind in der Scheune untergebracht.
Ein großes, herbes Mädchen gesellt sich neben sie. »Wir produzieren zwei Labels. Textil: ›Peppy Puppys‹.«
Lore denkt, das klingt nach Pfefferminze und Kinderschuhen und Plüschhunden, denen man den Bauch aufknöpfen kann.
»Und ›Four Toujours‹, für die Töpfereien und das Porzellan. Auch wir selbst sind gelabelt: die Anstalt der besseren Mädchen.«

»Aber nicht von der Agentur für Arbeit?«
»Nein, haben wir uns selbst ausgedacht. Wir sind gerade sehr begehrt. Niemand kennt den Weg hierher, aber wir liefern die Sachen einmal in der Woche nach B. Wir überlegen zu expandieren. Wir haben letztens in der Nähe noch einen verlassenen Hof entdeckt.«
Lo fiel erst jetzt auf, wie dünn sie alle waren, auch die mit den größeren Brüsten hatten knabenhafte Körper. Aus dem Fenster zum Garten hatte man gesehen: Die Brustwarzen waren weich und rosa oder haselnuss. Nur an Kathi schienen sie dreckig, weil von Sommersprossen geflammt.

Alles liegt im Gegenlicht der ordentlich angeordneten Souterrainfenster.
Das ganze Anwesen wurde unter ein Moskitonetz gestülpt, so dass alles, was passiert, weißlich mattiert ist, es gibt eine ländliche Zwölf-Meilen-Zone, hinter der das Geschehen erst wieder scharf wird. Wenn Glas fällt, zerbirst es träge.

Das Gegenlicht berichtet mich.
Durch Fichten und durch Lärchen
fächert sich das Gegenlicht
sichtet mich geborgen.

Auf der Terrasse stehen Tabletts, abwechselnd in staubigem Rot und Blau. Es liegt auf allen je ein Rest des Nachmittagskaffees, ein abgegessener Apfel, zitronenbutterne Kuchenkrümel, ein verklebtes Netzchen Sirup. Die Sonne scheint immer dagegen.

Mädchen, Mädchen
putzt die Platten.

Aber der Schmutz gehört auf die Tische, wie die Flecken auf die T-Shirts der kleinen Kinder. Die Kinder sind auf der Koppel, Maschendraht dicht am Boden verankert, dass kein Kaninchen sich darunter zwängen könnte, bis auf die Höhe junger Birken gezogen. Die Tür, ein mit Draht bespannter Holzrahmen ist mit einem dicken Vorhängeschloss gesichert. Und auch an die Greifvögel hat man gedacht und ein leichtes Gewebegitter aus glitzerndem Garn darüber gelegt, denn die hacken ihre Schnäbel gern in den Windelsaum menschlicher Babys, um sie der eigenen Brut als Lebendfutter zu bringen. Während außerhalb der Rasen kurz geschoren ist, wuchert das Gras innen ungestüm, und die Mädchen binden es büschelweise zusammen, so dass den Kindern eine Anzahl runder Grasnester und Höhlen zur Verfügung steht. Die Kleinen haben gebräunte Haut von Möhrensaft und Sonne und Mädchen wie Knaben kinnlange, weiche Haare. Solange sie im Gehege verweilen, sind die Kleinen sich selbst überlassen, Mittagsschlaf wird nicht verordnet. Ist eines müde, kann es sich in eines der Stoffzelte legen, in denen sanft schattig und warm die Luft steht, genäht aus Patchwork geblümter und gestreifter Stoffe. Die Namen der Kinder sind mit rotem Zwirn in den Überwurf gestickt. Marlas Namen hat man schon begonnen, obwohl sie erst seit dem Morgen am Hof sind und Marla noch viel zu klein für das Gehege ist. Man ist bei MA angelangt.

Lo ist dankbar, dass man sie ihr gleich nach der Ankunft abnahm. Langsam klären sich ihre Gedanken, und ihre Brüste schmerzen weniger von den gierigen Bissen des Babys.
Die Mädchen haben die Maxime, alte Obstsorten weiter zu kultivieren, besonders süße Sorten, siehe Steinobst. Glaskirschen, Zwetschgen aus dem Bühlertal, die grüne Reineclaude, die Aprikose von Nancy, die Loire-Edelquitte. Bald werden sie reif sein und jeder Obstteller ein Gemälde.

CK schiebt Lo vor sich her in Richtung der Rabatten und Gemüsebeete, eine Hand auf ihrem Po. Sie setzen sich unter einen Baum. Lore knetet aus dem feinen Porzellanton kleine Tiere. CK hebt sie aus dem Gras auf und knetet sie wieder zu Klumpen.
»Du, ich glaub, ich bleib doch ein paar Tage«, meint Lo.
»Okay. Das hab ich mir gedacht, aber dann musst du dich auch nützlich machen. An der Drehscheibe nützt du uns nichts, aber du kannst im Gemüsegarten arbeiten, das Gewächshaus könnte mal wieder eine ordentliche Hand vertragen«,
sie greift nach Lores Hand,
»und die sieht sehr zuverlässig aus. Und zwischendurch kannst du kleine Tiere kneten.«
»Mmh.«
»Komm. Jetzt gleich. Marla ist bei Kathi.«
Loretta wird ausgestattet mit einer Schürze aus Wachstuch und großen Arbeitshandschuhen und beginnt gespielt zu arbeiten, denn alles ist säuberlich gepflegt.

Das Gewächshaus besteht aus alten Holzstreben mit klaren, verschmutzten Glasscheiben. Drinnen einige Hochbeete, in denen nur die schwarze Erde steht, aber rundherum eine schiere Wildnis aus dem unbeschnittenen Bestand einer Orangerie, Zitrusbäume und Olive. Bambusgehölze quellen aus den Ritzen des Betons, aber auch ein knorriger, kleiner Mirabellenbaum hat seinen Platz gefunden zwischen den Exoten.
Lore versucht sich zu erinnern, was sie machen und was genau der Nutzen sein sollte. Sie pflückt eine der Früchte ab und summt ein Lied:

Mirabelle Mirabelle
meine Kleine für die Schnelle
wenn ich in die Kiste greife
zwischen glatter Häute Reife

einmal auf dich drauf gekaut
mir den Vorsatz schon versaut
schöne Tugend Widerstand
auf den nächsten Tag gebannt

Du, du fleckig schönes Kind

Offenbarst mir gleich den Kern
Mirabell, das hab ich gern.

Sie geht raus, um CK zu suchen, setzt sich kurz unter die Linde, da sie nicht in Sichtweite ist, und schläft ein.

Als sie wieder erwacht, dämmert der Abend, die Mädchen strömen durch den Garten, schöpfen aus einer Glasschale sprudelnde Limonade in Gläser, diese sehen aus wie kleine, rosa leuchtende Aquariumwelten, durchschlungen von Zitronenmelisse und Blüten und Zitronenschalen.
In der Küche wird gehackt, gewaschen, gekocht. Jemand trägt einen Stapel Teller hinaus. Ein Tischtuch wird aufgeschlagen, so dass Lo für einen Moment den Himmel nicht mehr sieht.
Alle setzen sich um den Tisch, Lore wird von denen, die sie noch nicht kennen, gemustert, aber nicht angesprochen. Der kleine blonde Junge rennt bellend durch den Garten. Man stößt nach CKs kleiner Tischrede auf Lo an, heißt sie allgemein willkommen. Ein Mädchen erklärt die Regeln.

1. Verkrampfungen und Unentschlossenheit werden zurückgelassen.
2. Entweder du bist ganz hier, oder du gehst. Wir sind eine Gemeinschaft und kein Ausflugsort.
3. Es wird keine falsche Moral ausgestellt. Hier gelten unsere Gesetze.
4. Sonntags gehen wir gemeinsam in den Gottesdienst.

Los Lächeln entgleitet.
»Bis Sonntag bin ich sowieso wieder weg«, wirft sie ein.
In ihrem Kopf rauscht Wasser, und sie weiß nicht, wohin mit der Unsicherheit.
»Das ist nämlich total behindert«, sagt Lo.
Woraufhin die Mädchen ihre Hände vor die Münder hal-

ten und sie amüsiert anlachen. »Wir zwingen dich ja nicht, aber wenn du wirklich dabeisein willst, musst du dich an die Regeln halten. Überleg's dir einfach, und sag es mir nachher.«

Lo nickt. Alle klatschen, und am Tisch wird es wieder lebhaft. CK schenkt Lo Most ein. Sie trinken. Es wird dunkel. Die Katze schreit. Glühwürmchen kleben in der Luft.

Lo küsst eines der Mädchen. Kathi kommt mit einem Baby.

»Willst du mal halten?« Als hätte sie noch nie ein Kind auf dem Arm getragen ...

Lo nickt jedoch, nimmt es auf den Arm, zieht sich einen Träger über die Schulter und drückt dem Baby die Brust an den Mund. Erst wendet es sich ab, der Ansatz eines Schreis, da streichelt Kathi ihm über das Köpfchen, und es sucht mit den Lippen Los Brust und saugt daran. Lo schluckt und atmet leise aus. Das Kind wird ihr wieder entzogen. Und Lo gleitet in den Schoß des schmalbrüstigen Mädchens. Kathi striegelt mit den Fingern ihre Haare, flicht ihr einen Zopf und streicht mit dem auseinanderspringenden Ende ihren Nacken. Das andere Mädchen hebt Lores Kopf mit einer Hand und schiebt ihn unter ihr ballonhaft geschnittenes Kleid, drückt Lorchens Gesicht zwischen ihre frisch gewaschenen Beine. Lo ist betrunken und ein leckendes Kätzchen. Das Mädchen schmeckt nach künstlichem Erdbeeraroma. Vom Alkohol platzen ständig bunte, umherschwirrende Blasen in ihrem Kopf. Zertretener Puffreis. Es ist ein vollkommen beruhigendes Ploppen. Sie wird angehoben, auf Heu gelegt und ...

den Rest der Nacht weiß Lore am nächsten Morgen nicht mehr.
Nur, dass sie mehr trank von dem Most und irgendwann die Mädchen mit der Glasschüssel Wasser aus dem Teich schöpften und es der liegenden Lo über das Haupt gossen. Sie kreischte daraufhin kurz und hatte dann lauter grüne Schlingpflanzen in den Haaren. Kathi legte ihr dann das Baby auf den Bauch. Lore dachte: Es muss Marla sein, aber hat sie nicht hellere Haare? Der Rest ist weg.
Nachdem Lo im Morgengrauen wach geworden ist von der Kälte ihrer nassen Kleider, sucht sie CK. Sie wandelt über Kieswege, die feuchten glatten Steine streicheln ihre Fußsohlen. Vom Teich plätschert Wasser einer sich drehenden Fontäne. Die weißen Blüten scheinen losgelöst im Grau der Dämmerung zu schweben. Es duftet so schwer und süß, dass es Lo fast die Luft nimmt.

Im Ginster
aus Schwaden von Erdbeerrauch
sah ich helle Gespenster sich raufen

mit Näschen in das Gesicht geschnallt
zerrten sie Löcher ins Buschwerk hinein

sublime Flügel klappten
im Takt
der Leuchttiere
wood wood
durch die Nacht

Silberdistelfrisuren zur Zier
mit Medusenspangen
umfangen

zog mir die Gaze fest um die Augen
sie sollten mich nicht
denn wenn sie
wie comme des garçons
ihre milchweißen Lider dir zeigen
bist du am Ende gebleichtes Papier

Lo findet CK eingerollt im hohlen Stamm eines Kastanienbaums. An einem Ast hängt ein glänzender Vogelkäfig, in dem ein schwarzer Nerz herumsaust. »CK!« flüstert Lo. CK blinzelt sie an, ihre Augen sind nicht geschwollen, auch wenn sie gerade erst aufgewacht ist. Sie reicht Lo ein Marmeladenglas aus der Höhle. »Gib ihm etwas Quittengelee.«
Lore tunkt den Finger ins Glas und steckt ihn zwischen die Gitterstäbe, tatsächlich leckt der Nerz. Es kitzelt und macht ein angenehmes Gefühl.
»Es ist ein besonders wertvoller! Ich habe ihn bei einem Nerzkampf erstanden, er war der potenteste und hat auch schon mal einen Menschen angefallen. Das steigert den Wert. So wie Hunde und nackte Frauen auf Gemälden den Auktionspreis erwiesenermaßen automatisch erhöhen.«
CK hat einen verrutschten Gänseblümchenkranz auf dem Kopf. Als Lo sich zu ihr hinabbeugt, nimmt sie den leichten Uringeruch der Blumen wahr, etwas Blütenstaub hat

sich in CKs Wimpern verfangen. »Hör mal, CK, ich geh echt nie in die Kirche. Ich bin auch nicht atheistisch, du, es kommt auch mal vor, dass ich nachts im Bett die Hände falte. Aber mehr im verzweifelten Ringen. Aber … Das klingt ja nach Sekte hier. Nach geplanter Gehirnwäsche. Ich hatte mal Kontakt mit einem Sektenbeauftragten. Man muss sich in acht nehmen.«
CK lächelt die ganze Zeit und zieht Lo hinunter auf den sandigen Boden.
»Quatschkopf. Es ist, wie wenn jemand einer Burschenschaft beitritt und sich vorher einen Schmiss beim Fechten holt. Nur ist das eine feinere Geste hier.«
»Und das nennt sich Ausbildungsprojekt? Gut, dass die das nicht wissen. Jeder aufgeklärte Beamte wird euch sofort hier rauskicken oder zumindest ideologische Grundreinigung betreiben.«
»Liebe Lola, halt einfach mal deinen schönen Mund. Du machst ja alles kaputt, dir zumindest. Was ist eigentlich mit dem Vater des Kindes?«
»Gibt es nicht. Parthenogenese.« Lo erstarrt, was CK bemerkt und leicht schwankend aufsteht.

Es ist etwa fünf Uhr morgens. Sie laufen bestimmt eine Stunde über eine Straße, mit nackten Füßen, beide haben noch eine Flasche Sekt mitgenommen, Alkohol verstärkt den Sonnenbrand oder zumindest das Glühen. Es sind keine Autos unterwegs. Lo und CK erreichen den Ort, nur in einer Kneipe ist Licht und leichtes Rumoren. Sie bleiben kurz vor den erleuchteten Fenstern stehen und beobachten, da der Ton durch das Glas abgeschaltet ist, das stumme An- und Abstoßen der Gäste untereinander.

»Es geht gar nicht um Inhalte, Gespräche sind nur Kompensation für die Sehnsucht nach Zuneigung. Absolute Homogenität im Gespräch ist erstrebenswert. Diskussion ist nur ein Spiel, liebe Lo.«

»Was, was, was?«

Über eine Gasse und einen Mühlbach gelangen sie zu einer schmalen gotischen Kirche. Lo bewegt sich nicht mehr, CK stößt sie von hinten an, bugsiert sie vor die Tür, so dass Lo sie öffnen muss. Für ein Dorf ist die Kirche verhältnismäßig geräumig. Drinnen brennen weiße, schlanke Opferkerzen und tauchen den Innenraum in warmes Licht. Es sieht prächtig aus, man hört das leise Zischen der Flammen und eine kaum wahrnehmbare Melodie. Ihre Gesichter glänzen. CK geht vor ihr in einem tiefblauen knielangen Kleid, barfuß, langsam. Eine wunderschöne Abgeschlossenheit und ein Zug an den Schultern nach oben. In der ersten Reihe sitzt eine Frau mit einem Kopftuch, klimpert auf einer kleinen Gitarre und singt fast lautlos.

> Und voll fiel herab der Schein des Mondlichts
> als sie den Altar im Kreise umstanden …

Es vergeht eine Zeit, bis Lo unruhig zur Tür stürzt. Über dem Altar baumelt das Ende eines ausgefransten Kabels. Schweigend gehen sie wieder nach Hause. Lo knallt aufs Bett und schläft sofort noch angezogen ein.

Es ist morgenhell im Raum. Eine kleine Hand streichelt Los Arm. Sie schlägt die Augen auf, bewegt sich aber nicht. Dreht nur die Augen und schaut dem Kind ins Gesicht.
»Ich werde mal Schauspieler, und ich hab dir ein bisschen Gras mitgebracht.«
Es holt abgerissenes Gras aus den Hosentaschen und verteilt es auf Los Bett, indem es hochklettert und überall ein Büschel hinlegt.
»Falls du Hunger hast«, erklärt es ernst.
»Danke«, sagt Lo beherrscht.
Das Kind legt sich neben sie.
Lo schaut genervt und steht ziemlich schnell auf. Sie schiebt die dünne Gardine zur Seite. Draußen mäht ein Traktor die Wiese neben dem Gewächshaus.
Sie geht die Treppe hinunter und schaut in die Küche. Kathi sitzt wieder am Küchentisch und nickt ihr wortlos zu, sie hat Marla an ihre Brust genommen.

CK sagt: »You're a good girl, a good girl.« Wenn sie spricht, bewegt sich ihre sehr kleine Nase mit den Bewegungen des Mundes. Ihr ganzer Körper ist eine athletisch gezogene Straffheit, so dass die Bewegung des Näschens nur konsequent erscheint, aber auch zu niedlich. Denn sie ist die Anführerin und muss sich Ernsthaftigkeit und rosa Wangenknochen in allen Orgien bewahren.
Sie sitzt am liebsten im Wintergarten. Lore sieht sie, wenn sie durch den Garten läuft, wie sie in einem petrolfarbenen Art-déco-Sessel versinkt und französische schöne Literatur liest. Im Komplementärkontrast ihrer ockerfarbenen

Strickjacke. Nur ihr Bauch ist rundlich, aber trotzdem straff, wie ein angedeutetes Kokettieren mit Schwangerschaft. Eine kleine, aufgeklärte Renaissancenymphe. Eine feste, verschwendete Muse ist sie, um die sich kein Künstler kümmert. Ihre Gesichtszüge sind so fest, dass alle Zeichen von Geschminktsein darin untergehen. Im Gegensatz zu Lores eigenem, das einer Leinwand gleicht, der man jeden farbigen Strich ansieht. Von CK geht eine treibende Kraft nach vorne aus, ihr Kinn ist eine Phalanx.

»Ach, Schönheit macht Sinn«, seufzt Lo, »denn sie ist der Gipfel des gemeinsamen Erlebens, auch wenn wir uns nie werden verständigen können, so doch über kleine Momente wie diesen. Die Gemeinsamkeit im interesselosen Wohlgefallen ist der Gipfel. Sex wird vollkommen überbewertet. Lass uns versinken, CK. Strick mir Schwäne auf den Latz, rosa Schwäne.«

CK ist ein bleiches, schönes Raubtier, das schön findet, was Lore schön findet. Sie erkennt es an ihrer Haltung und an ihrem Blick. Lore wittert Deckungsgleichheit des Geschmacks, und die kommt nur alle Jubeljahre vor zwischen zwei Menschen.

Bäche strömen
CK zieht
über meinen Scheitel
ihre Beine an die Brust
verlieren sich in Schleifen.

Strumpfgewebe zieht sich breit
Wasser drängt sich dröhnend
über kleine Zehen hin
blößt, was ich nicht sehen soll.

Schwellen, Perlen, Butterkuchen
du bist aus und musst mich suchen.

Campagne

Am vierten Tag bemerkt Lore, dass sie hauptsächlich nichts macht, und unternimmt einen Ausflug allein in die Campagne. Sie sucht sich im Schuppen ein kleines, metallic verwittertes Fahrrad aus und fährt einfach los. CK hatte von einer Grube gesprochen, südöstlich, am Wald entlang, den Berg hinauf.
Es ist noch Vormittag, die anderen Mädchen liegen mit weit geöffneten Pupillen, in die der Tau von spitzen Vogelbeerblättern tropft, unter den Bäumen im Garten. Sie muss sich ein wenig bücken beim Fahren, da der Lenker so niedrig ist, und tritt fest in die Pedale. Ihr weißes Leinenkleid flattert geräuschvoll im Fahrtwind nach hinten. Im Wald bedeckt die feuchte Kühle ihre Haut wie ein Film. Sie fährt durch Schmetterlingsschwärme aus Zitronenfaltern und Kohlweißlingen, es bleiben einige an ihr kleben. Die Samtbeschichtung löst sich von ihren Flügeln und haftet wie ein Rubbeltattoo auf der Haut. Lore glänzt,

schafft es über den höchsten Punkt der Strecke hinaus, dahinter öffnen sich Wiesen, und ein lehmiger Weg mit ausgeprägten, versteinerten Abdrücken von LKW-Reifen beginnt.

Sie wirft das Fahrrad gegen einen dichten Schlehenbusch und geht zu Fuß weiter. Die alte Lehmgrube ist riesig und irgendwie sehr deutsch, aber wenn man die Formationen aus abgestürzten Wänden und Tierlöchern ausschnitthaft betrachtet, auch wie ein Grand Canyon. Arizona. *Sie betreten den amerikanischen Sektor. Willkommen, kleine Lo.*

Der ausgefahrene Weg führt weit hinunter wie eine Rampe, unten sind alle Geräusche gedämpft, und in Wasserlöchern schwimmen Weltkarten aus Froschlaich und Entengrütze, riesige grünkarierte Libellen schwirren darüber. Das Schilf ist unwirklich saftig. Dort, wo der Ton mager wird, ist er trocken und zerfällt in kleine Splitter. Er bricht, wenn man über ehemals verschlammte Stellen läuft, aus den Rissen quillt feuchtes, schmieriges Zeug nach oben. Und wenn man nicht aufpasst und hineintritt, verliert man sofort allen Halt, so glitschig. Feste Pflanzenstängel und Fruchtstände sind mit Tonschlamm kuvertiert, wie die kleinen Panzer auf der Documenta-Ausstellung in braunes erbrochenes Kunstharz getaucht waren, das jeden Angriff unmöglich macht.

Auf einer der oberen Trassen liegt auch fruchtbarer Mutterboden, dort haben sich Brombeeren und schneidendes Gras ausgebreitet. Kleine braune Eidechsen wischen über vorgelaufenen Spuren im Gras, schwerfällige gelbgrüne

Vögel stieben auf und fliegen als Vorhut vor ihr weg. Jetzt fehlt nur noch Pan, der aus den gewärmten Erdhügeln erschiene und Lo verführte. Wobei, eigentlich ist sie schon zu alt als potentielle Nymphe für irgendwelche Naturgötter. Dann ein Hippie mit blonder Mähne und Schaffellweste, den sie mitnähme, auf jeden Fall mit nach Hause zu ihren Eltern, »Mama, das ist Stipe«. Stipe könnte kein Deutsch, und ihre Eltern würden etwas von schiefer Bahn erzählen, während Stipe, gedankenverloren an einem Eistee nippend, kein Wort verstehend, stundenlang auf der Hollywoodschaukel im Garten säße. Malte war doch so ein anständiges, gutes Herz, würde Mama sagen. Die Hollywoodschaukel quietschte, weil sie so exzessive Schwünge nicht mehr gewohnt wäre.

Ihre Eltern werden sich Sorgen machen. Sie wissen nicht, wo sie ist, sie werden Malte malträtieren. Der wird von Polizei abraten und lieber selbst auf die Suche gehen, trotz der Unmöglichkeit, sie zu finden. Dieses Gebiet ist auf deutschen Landkarten nicht verzeichnet.

Himbeergarten

Als Lo zurückkommt, stehen in der engen Hofeinfahrt zwei glänzende, unbeschriftete Transporter. Das werden die Kamerateams sein, mutmaßt Lo.

CK kommt ihr entgegen, sie trägt rötlich glänzenden Lidschatten, der einen wunden, glühenden Schimmer um die

Augen ergibt, und scheucht sie in den Garten. Beim Unkrautjäten zwischen den Himbeeren, neben einem Wühlmauskraut, zieht Lore an einem kugelförmigen Gerät, dessen Pupille sich je nach Lichteinfall weitet und verschließt.
»Sie haben was vergessen!« schreit sie den Herren hinterher, die in die Autos einsteigen, und zieht fest an der Kapsel, aber sie ist fest eingepflanzt, und sie zieht eine Strähne blonder Kabel nach oben, kappt sie mit der Hacke und schleift sie an den Haaren im Rennen zur Straße hinter sich her, doch die Wagen sind schon im Fahren. Lo leckt über einen blutigen Kratzer am Arm und wirft sich ein paar Himbeeren in den Mund.
Sie überlegt. CK? Warum bist du hier, wenn du so schön bist?
Die Tage entwickeln sich gleichförmig und zweckfrei. Lo lernt, Porzellanflamingos mit schillerndem Pink zu glasieren und fertig gestaltete, aber ungebrannte Tiere an die Waschküchenwand zu werfen, wodurch sie sich zusammenschieben und quetschen und eigentlich wenig von der ursprünglichen Struktur erhalten bleibt. Die werden dann vor dem Brennen auch bestrichen mit Regenbogenwasser (interne Bezeichnung für die changierende Glasur) und gesammelt. Es handelt sich um eine Auftragsarbeit, und sie müssen erst etwa 700 Stück fertig haben, bevor sie mit dem Lieferwagen nach B. ins Museum geschickt werden können, wo man sie dann, in einigen Wochen, nach ihren Plänen des »Fallen Animal Collective« zu einem pyramidenförmigen Haufen schichtet.
»Wir sind uns nicht sicher, ob wir das direkt ins Museum

geben sollten«, überlegt CK laut, »das ist gleich so eine fette Legitimation. Aber wir sind so gebunden von hier aus. Und das Museum bezahlt sehr gut.«

Lo liegt auf den warmen Steinplatten der Veranda und bekommt Gänsehaut und leichte Übelkeit von der Sonne. Aber die Sonne ist hier nie stechend wegen der Brechung in den Dünsten, und sie rollt und streckt sich in ihrer ganzen Länge.
CK steht über ihr, die verschwommenen Sonnenstrahlen leuchten zwischen ihren Beinen hindurch, als hätte Terry Richardson das aufgenommen, verdeckt sie das restliche Licht von unten betrachtet, so dass eine eigene CK-Sonne scheint.
»Heh. Magst du die haben?« CK reicht ihr eine kleine, bunt floral bestickte Schaffellweste.
»Die ist vom Ende des 19. Jahrhunderts. Siebenbürgen.«
Lo lässt sich von CK über den Kopf streicheln und zieht dann die Weste über die bloße Haut, seufzt. »Ach, ich habe das Gefühl, nun bin ich angekommen.« CK setzt sich neben sie, ihre kleine Hand auf Lo, die redet:
»Ich verliebte mich in einen blonden Punkprinzen, den ich auf einer Videokassette sah. Zufällig. Es waren Mitschnitte von Theaterstücken. Und dazwischen sah ich ihn, kurz, er war überspielt, wie er bei einem Literaturwettbewerb las und irgendwann Blut aus seiner Stirn tropfte. Aber es ist verloren und existiert nur auf diesem Band. Aber jetzt bin ja hier. Jetzt wird alles gut. Das Kind wird versorgt, und wir lieben uns ja.«

CK nickt. »Aber du darfst nicht immer so verklemmt sein. Bediene dich doch deiner gefühlten Lust. Sonst fliegst du nämlich wieder«, klimpert CK halbernst.
Das trifft Lo in den Brustkorb, sie greift in den Fellsaum ihrer Weste und zieht sie mit den Händen zusammen. CK zieht eine silberne Lage mit Tabletten aus der Tasche und bewegt sie an Lores Ohr, dass die Kügelchen in der festen Gelatinehülle rasseln wie ein feines Tamburin. »Lo!« Ein Tamburin mit bunten Bändern.
Lo versucht den inneren Spiegel einer Flüssigkeit ruhig zu halten, doch CKs Stein hat zitternde Wellen erzeugt. Und nun sinkt eine kleine magensaftresistente Kapsel auf den Grund. »Es wird dir helfen.« Lo will nur, dass CK eine zärtliche Geste an ihr ausführt, und wenn es denn eine Pille auf der Zunge ist, die sie dort platziert, und ihr die Lippen mit dem Zeigefinger verschließt. Lo sieht die Berliner Mädchen auf den Straßen mit dreieckigen Gesichtern und großen glänzenden Augen, die sich gedankenverloren Zöpfe flechten oder eine Sweatshirt-Kapuze an die Kordjacke anknöpfen oder in der Straßenbahn stehen und sich nur aneinander halten, ohne Stangen, an denen die Kleinstkinder immer auf und ab rutschen. Sie halten sich fest. Sie sitzen unter einem flackernden Neonlicht und ziehen sich gegenseitig die Dornen aus den kleinen Fußsohlen.

Haltet mich ihr lieben Kräfte
denn mein Herz schon wieder schmal
können das die Mädchen

denn
überhaupt
(behaupten)?
Tako Tsubo
Tako Tsubo
unsubscribe me
from the news
meine Ruhe
meine Ruhe
hiermit übergebe ich
diesen Mädchen
ausgehungert
ausgestreckt
mein schmales Herz.

Lichtung

Die Tage auf dem Land werden immer länger, denn Lo kann nicht mehr schlafen. Sie versucht nachts unter dem Leinlaken sich ihren Engel vorzustellen. Er legt sich auf sie und schmiegt seine kühle Wange an ihre, dann gleitet sie an ihm entlang in die Wölbung seiner riesigen Flügel, sie fällt hinein in die lieblich weiche Falle, die Flügel aus weißen Schwanenfedern schließen sich. Lore reibt ihren Schwanenhals an den Federn, sie dreht den Kopf wie ein Schwan nach hinten, wenn sie sich putzen zwischen den Flügeln am Rücken oder den Schnabel wollüstig scheuern.

Schwäne tragen immer kleine schwarze Masken, dass man ihnen nicht in die Augen blicken kann.
Und wer kann schon einen Engel von Luzifer unterscheiden, der vermutlich noch reiner aussieht, ein Zuviel an Licht. Niemand. Manche kommen ihr ganzes Leben so durch.
Sie erwacht häufig mit roten, juckenden Manschetten um die Handgelenke.

Lore betrachtet Marla jeden Morgen durch das Gitter des Geheges. Sie ist jetzt groß genug, um mit den anderen an der frischen Luft zu leben. Die Kleinen sind verschmiert mit Grassaft und Erde, Lo trägt Gummistiefel. Das Kind wird ihr immer sympathischer, es hat die Schlaffheit des Säuglings abgelegt und kann schon seine Körperkonturen eigenständig halten. Bis zum ersten Lebensjahr sind die Babygesichter von universaler Kindlichkeit, doch dann verlieren die meisten ihre Schönheit, wenn der individuelle Charakter sich in die Züge einmischt. Die Modeindustrie hat das erkannt und siebt die wenigen Universalgesichter, die bei 13-jährigen Mädchen noch ab und zu vorhanden sind, heraus. Riesige, glänzende Augen und gewölbte glatte Stirnen. Lore befürchtet, dass es bei Marla diesen Bruch niemals geben wird. Sie sitzt vor dem Zelt in einem alten, frisch gebleichten Leinenkleid, kaut auf wildem Sauerampfer herum und macht samtige Geräusche mit ihren feuchten Lippen.
Lo pflückt sich einen Pfirsich vom Baum und erschauert, als sie ihn im Brunnenwasser abwäscht. Silberperlen bleiben zurück auf dem Velours.

In ihrer Kammer vor dem großen Spiegel hockt sie sich auf den Boden und schaut sich zu beim Häuten eines Pfirsichs. Sie versucht in einem Zug die Haut großzügig abzuschälen, mit dem Messer immer in Richtung des Herzens, damit sie sich gewunden herunterschlängelt auf den Teller. Besonders die Richtungen von alltäglichen Tätigkeiten sind nämlich eingeprägt, zutiefst beim Schneiden und Wischen. Vom Zahnfleisch weg. Von der Muschi weg. Die Creme in kreisenden Bewegungen zu den Schläfen hin. Zum Herzen hin schneiden ist eigentlich verboten, würde sie nun ausrutschen im Pfirsichwasser …
Sie stopft sich große Stücke in den Mund.
CK kommt herein, Lo bemerkt vorher eine schwache Bewegung der Tür im Spiegel. Die Schöne hat ihre weichen Lokken heute mit Gewalt geflochten und den Zopf um den Kopf geschlungen. Sie sieht aus wie eine Göttin der Kornfelder. Drückt Lo von hinten die Lippen auseinander. »Was haben wir da?« Und rutscht dann mit dem von Süße bedeckten Finger in Lores Höschen, bis es durchnässt von Pfirsichsirup ist. Während Lo den Finger nicht verlieren will, beginnt CK ihre Gedanken rhythmisch kreisen zu lassen.
»Today, Lo, we are doing a workshop of Anna Atkins' beautiful pictures of plants and feathers with Herschels Cyanotype Process. These were the first steps of photography, but only white schemes on endless blue. Es ist so vieles aufgedeckt und wird noch viel mehr. Der Kosmos steht breitbeinig vor uns. Wir sind gegen die Hyperaufklärung. Der Rückzug findet schon statt, die Technik wird nur ihm zuliebe instrumentalisiert. Wir bedecken nachher das Papier

mit dem, was abgebildet werden soll, und schauen, welches verdeckte Eigenleben der Prozess erschafft.
Der Sündenfall ereignete sich in Paris mit der Fontaine von Duchamp. Wir wollen hier nun einen Ausweg finden. Der Ausweg heißt Hingabe, Lo, und Kunsthandwerk. Die Kunst kann nichts mehr tun, nicht mehr reduzieren, nicht mehr provozieren, nicht mehr zerstören. Sie kann gar nichts mehr, außer als Partydroge genossen werden, aber da gibt es mittlerweile effektivere Methoden. An Fadenwürmern hat man in Labortests letztens festgestellt, dass sie unter Zugabe von Antidepressivum tatsächlich länger lebten. Das ist revolutionär. Man ging bisher davon aus, dass nur der Verzicht das Leben verlängern könne, bei Mäusen fand man das heraus. Bei Menschen ist es bekannt. Diät! verordneten schon die Apotheker vor hundert Jahren. Aber diese Fadenwürmer aßen sogar mehr, sie waren wohlgenährt, glücklich und lebten lange. Deshalb sollte die Kunst wenigstens dekorieren.«

Lo ziert sich, sie will nicht zu den anderen. Sie möchte sich mit CK in das Lammfell legen.
»Komm, Liebes. Wir arbeiten hier thematisch und ficken thematisch.« Und CK zieht die schlaffe Lo mit festem Griff um die Oberarme nach oben.

Auf dem Gelände stehen schon die Mädchen und halten Platten, die mit Gelatine beschichtet sind, zur Stabilisierung auf das Ende eines in die Erde gerammten Stocks.

Wenn nun die Sonne hinter dem Wald versinkt, versucht man noch einen Tupfer Sonne zu erhaschen, erzeugt durch eine Reflexion in der Fensterscheibe oder vom gegenüberliegenden Hügel. Die Mädchen kämpfen um die wenigen Lichtflecken, die ihre Platten belichten sollen. Die Platten, mit Fixierer besprüht, ergeben buntes Gelee in zufälligen Formen, die je nach Länge der Belichtung und Anordnung der Sonnenflecken entstehen.
Der Himmel türmt Wolken in intensivem Violett, lässt aber verstreute, göttlich gelenkte Lichtstrahlen hindurch. Von weitem scharf wie Laser. Irgendwo brechen sie sich immer. Wie ausgehungerte Sterntaler warten die Mädchen verstreut auf den Wiesen, die Köpfe im Nacken, dass es passiert. Der Zufall macht die schönsten Bilder.
Es handelt sich bei Experiment Nummer 1 um ein von CK patentiertes Gelee-Verfahren, doch die Mädchen mögen es nicht so sehr, da sich keine Gegenstände erkennen lassen. Die Resultate ähneln mit dem Bügeleisen verwischten Wachsmalstiften.

Als sie ihre bunten Platten zum Trocknen ausgelegt haben, kann Experiment Nummer 2, die geheimnisvolle Cyanographie, beginnen. CK doziert und zieht mit sehr ernster Miene Linien auf einem rasenlosen Fleck.
»Der Prozess kehrt sich um. Eben das war nur eine Aufwärmübung. Und da zählte das Licht. Doch die Cyanographie zieht ihren Reiz aus dem Verdecken. Indem ich mit dem Gegenstand abdecke, erscheint er doch danach in seinem vollen Charakter, obwohl es lediglich weiße Negative

sind. Keine Details wie bei der Fotografie.« Sie bestreichen unter CKs Anleitung weiße Pappen mit einem Chemikaliengemisch im Verhältnis 1:1 und legen Blätter und Federn darauf. Das Blau entsteht rundherum. Die Formen sind so grazil und seltsam durchscheinend, als hätte ein höheres Wesen sie aufs Papier geküsst.
»Ach, aber ich möchte alles festhalten«, meint Kathi. »Ich musste CK meine Digitalkamera aushändigen … Ich möchte jeden Augenblick behalten. CK, wo hast du sie hingetan? Ich möchte mich wieder erinnern können.«
Kathi krallt sich leicht verzweifelt in CKs Arm. CK schlägt ihr ins Gesicht auf die Sommersprossen.
Das Mädchen mit der großen Brille fängt an zu weinen. Sie ist weitsichtig. Lo hat Mitleid mit ihr, weil sie findet, dass Weitsichtige immer ziemlich idiotisch aussehen. Angeblich sind Kurzsichtige aber wirklich intelligenter als Normalsichtige, und Linkshänder kreativer als Rechtshänder, und Autisten schlauer als Kinder mit Aufmerksamkeitsdefizitsyndrom. Es ist also nur eine Frage, über radioaktive Marker die Gene der Behinderungen zu finden, zu mixen und einen idealen Normabweicher zu bekommen.
»Hör mir mal zu, Milchfotze«, sagt CK zu Kathi, »du wirst hier nicht alles kaputtmachen. Streng deinen kleinen Kopf an.«
»Aber ich liebe Menschen, ich möchte neue, alte und hässliche Menschen kennenlernen und ihre Physiognomien sammeln. Mir ist langweilig, CK. Und ich will meine Kamera. Nur weil ich Menschen mag. Ich hatte eine Kamera mit Swarovskisteinen. Wo ist die?«

»Die haben wir verarbeitet, die Kristalle stechen jetzt irgendeinem Porzellantier aus den Augen und betrachten dämliche Museumsbesucher. Halt endlich die Klappe, Kathi!«

Navigation

»Good girl, good girl.« Malte dreht sich gerade langsam und wiegend um. Er stützt Marla mit einer Hand unter dem dicken Windelpo. Marla wirkt wie ein dunkler, zerschrundener Fleck im Kontrast zu Maltes sauberer Gestalt. Das Baby schlägt mit einer Hand auf seine Schulter und zieht mit der anderen den steifen weißen Kragen des hellblauen Hemdes zu sich heran, um an der Spitze nuckeln zu können. Babys können so gut ihre Gliedmaßen unabhängig voneinander koordinieren. Die Spucke hat glückliche, feuchte Flecken überall hinterlassen.
Als er Lo erblickt, legt er den Kopf schief, und sie kann sein Gesicht kaum erkennen, weil es so schimmert.
Lo macht einen Schritt auf die beiden zu, im Türrahmen hinter sich spürt sie CK.

»Lo, um mein Herz haben sich Eisenschnallen geschlossen.« Malte steht auf dem Hof, sein neues Auto glänzt und knackt von der Hitze des Motors.
Lo lacht. »Heinrich, Heinrich, der Wagen bricht. Aber nein,

mein Herr, das war nur eine eiserne Schnalle meines Herzens. Hast du dir die von deinen Kollegen implantieren lassen? Wie hast du mich gefunden?«
»Komm, steig ein, Kleines.« Er reicht Lo eine Schachtel. »Bitte geh vorsichtig damit um. Da ist mein Herz drin.« Loretta hebt den Deckel und befindet: Sehr stylish. »Loretta, in dieser Schachtel lag mein Herz. Geh doch bitte, bitte sorgsam damit um. Und verlier es nicht wie alles, was ich dir schenke.«
Lo weiß, dass das jetzt eine Aufforderung zur Erinnerung ist. Sie vergisst nicht nur Ereignisse, sondern auch Gegenstände. Wozu auch. Es wird doch alles regelmäßig aktualisiert. Aber sie will Malte nicht enttäuschen, und so sucht sie nach den versunkenen Objekten und presst sie, mittlerweile voller Schleim, halbverdaut zwischen den Resten des Frühstücksmüslis mit saurem Joghurt nach oben.
Sie hatte die Kalbslederhandschuhe in der Pizzeria vergessen, einen Perlenohrring im Abfluss verloren, den mimosenrosa Nagellack versehentlich weggeworfen, den Farn in einem mit Schildpatt beklebten Topf vertrocknen lassen, den Holundersirup schlecht werden lassen, den kleinen Muff hatte der Hund, der zu Besuch in der Wohnung war, davongetragen, die goldenen Ballerinas waren bei einem Fehltritt in die Pfütze porös und muffig geworden, die Stella-McCartney-Sonnenbrille hatte sie in einem Wutanfall aus dem Fenster geworfen, so dass das lila-metallic Gestell einen Sprung hatte und die Gläser herausfielen, nach dem schwedischen Hafergebäck vom Feinkostladen musste sie kotzen, mit dem spitzenbesetzten Top von Ella Moss war

sie in einem Rosenbusch hängengeblieben, nein, das hatte der Afrikaner, der sie auf der Straße antatschte, zerrissen. Dafür konnte sie nichts. Das hatte sie alles ganz vergessen. Sie hatte sich in Malte verliebt wegen seiner Veilchenaugen und der Art, wie er ihr Blumen schenkte. Sie waren immer selbstgepflückt und am Ende des Stängels mit einer stilvollen, feuchten Papierserviette umwickelt.
Dort steckte überall Maltes Herz drin. Loretta ging nicht gut damit um, mit einem wunden, offenen Organ, das man ihr jeden Tag darbot. Sie wusste aber auch nicht, wie man es handhaben sollte, das Organ.
Wenn sie in Maltes Veilchenaugen sah und ihn am meisten hasste, sagte er, dass er sehr viel Liebe in ihren Augen sehe. Da Lore Liebe als physisch-psychische Aufgeregtheit definiert, gab sie ihm recht.

Der Schritt ins Auto wäre so einfach, auf den breiten Sitz, obwohl es Mama früher immer verboten hat, in fremde Autos zu steigen. Und dieses Auto kennt sie gar nicht. Malte hat ihr die Tür geöffnet und klopft mit der flachen Hand auf den stramm bezogenen Sitz. Man müsste ihm das Fell über die Ohren ziehen. Es ist innen hübsch mit cremefarbenem Leder eingerichtet. Das dösende Baby schnallt Lore in die Aufbewahrung am Rücksitz, Malte hat an alles gedacht. Er macht die Sitzheizung für sie an, obwohl es sowieso warm ist, startet den Wagen, fort, fort vom Hof, über Landstraßen, die eckige Kurven haben, durch die wild blühenden Wiesen. Die Gräser sind so hoch gewachsen, dass es eher Gehölze sind. Manche Büsche singen. Schaut man

genau hin, sitzen sie voller kleiner Vögel. Im Vorbeigehen kann man die Wegränder wie ein Klavier bespielen, denn in den Büschen, an denen man verweilt, verstummen die Vögelchen aus Vorsicht.
»Lo, komm mit mir zurück. Ich brauche euch. Und du brauchst mich. Du siehst verwahrlost aus, du bist wie eine Schaumflocke, die man ständig davor bewahren muss, im Abflussstrudel zu versinken.«
Marlas Kuschelrehkitz klemmt unter dem Handschuhfach im Fußraum, es hat eine diabolische Gesichtshälfte. Lo versucht es mit der Sandalenspitze umzudrehen. Die schwarzen Linien am Schnäuzchen wirken auch so, als würde es die Lippen schürzen.
»Du bist ein Engel und hast nur Silberschleifen um deine Schwingen. Sie sind verschnürt und rotzverklebt. Ich kann sie dir lösen, Loretta. Sei ein vernünftiges Mädchen. Wir fahren am besten sofort, der Saab und deine paar Sachen können auf dem Hof bleiben. Wichtig ist: Wir sind wieder zusammen.«
»Dreh um.«
»Nein. Manchmal muss man dir das Schlimmste ersparen.«
Lore schüttelt den Kopf, sie hat etwas zugenommen, seit Malte sie nicht mehr gesehen hat, und Bräune im Gesicht, sie versprüht trotziges Gold.
Malte fummelt am Navigationsgerät und drückt auf GESPEICHERT: SWEET HOME.
Lo reißt den schwarzen Kasten am Saugnapf von der Scheibe und wirft ihn aus dem geöffneten Fenster.

Das Auto stoppt, Malte springt heraus, schreit: »Du Biest.« Und betastet die einzelnen Plastikteile auf der Straße. Er setzt sich wieder auf den Fahrersitz, dreht Lore in der Taille wie eine Gelenkpuppe, dass sie ihm in die Augen schauen muss, in die von Wasser zerschwommenen, und er streichelt über ihre Wange, als gäbe es dort eine Wunde zu heilen. Von der Landluftschwüle kleben ihm Stirnlocken im Gesicht, sie muss seine Zähne anfassen. Seine weißen Tennisschuhe haben Schmutzränder.
»Du siehst verwahrlost aus, Malte.«
»Ich bin jetzt ein Rockstar, Schatz. Drehen wir das Radio auf, mmh?«
Es laufen die *Pretty Things* aus dem Jahre 1965. Marla beginnt zu wimmern. Lore holt sie aus der Babyschale, sie hat kleine Pusteln, wo die Gurte aufgelegen haben, und blickt, als hätte sie ihr schon sehr erwachsenes Bewusstsein kurzfristig verloren.
»Wir müssen ihr was zu trinken geben. Hast du Wasser im Auto?«
»Nein. Hast du Milch in den Brüsten?«
»Nein. Da müsstest du mir die Bluse in Fetzen reißen.«
»Verdammt, Lo. Stell dich nicht so an. Es ist gefährlich, wenn Babys dehydriert sind.«

»Dann fahr los und rede nicht. Vegane Babys dürften auch keine Muttermilch trinken, die ist ja praktisch tierisch. Außerdem hat es sich zurückgebildet. Marla wurde von den anderen Mädchen gesäugt.«
»Ich werde sie mitnehmen, Lore.«

»Du willst sie nur verwöhnen.«
»Es ist unser Kind.«
»Du wirst sie dir heranzüchten und als meinen Ersatz nehmen. Aber du wirst nicht lange Freude an ihr haben. Sie ist eine Gefahr für sich selbst, und auch wenn ich eines Tages gehe, werde ich Marla hier in der Anstalt aufwachsen lassen. Es ist nicht die schlechteste Adresse, Malte. Sie wird ferngehalten von Spiegeln und unterrichtet im disziplinierten Hedonismus und natürlicher Poesie. Und niemals wird sie einsam sein. Sie werden sich hier selbst ein Rudel sein.«

Nach der nächsten Kurve lichtet sich das Unterholz, hellgrüne Hügel leuchten ihnen entgegen. Die Wasserläufe scheinen bewegt.
»Hier sind wir nicht hergekommen.« Malte weint, er tritt aufs Gas und rast über einen Feldweg, der auf einer Sumpfwiese endet. Mit triefnassem Gesicht sucht er hinter den Sitzen und reicht Lo einen zerknitterten Frühstücksbeutel.
»Fläschchenbauen.« Und der Gedanke amüsiert und beruhigt ihn. Gemeinsam steigen sie aus, Malte nimmt einen Stock und zerschlägt die Brennnesseln und Wolfsmilchgewächse, die wie ein breiter Gürtel den Bachlauf umsäumen. Während Lo über klippige Steine steigt und in einer klaren Vertiefung den Beutel vollströmen lässt, hat Malte Marla in seinem sicheren Griff, küsst ihren ganzen Körper und wischt sie zwischen seinen Küssen mit einem kühlen ausgewrungenen Taschentuch ab. Marla lüpft wieder kurz den Schleier über ihren Irisaugen, aber nur, wenn Lo nicht

hinsieht. Die sticht mit einem großen Brombeerdorn ein Loch in den Beutel und drückt den prallen Zipfel des Beutels dann dem Baby in den Mund.

Malte küsst seine kleine Frau aus Freude, deren Mund taub ist und die seine liebevolle Zunge gewähren lässt. Marla trinkt, bis ihr Bauch gluckst. Lo reißt angetan einige Moosplatten aus der Wiese und baut Marla im Schatten der Weide ein Nest.

»Wo, wenn nicht hier, bin ich gerade sehr glücklich.« Malte reißt weiße Glockenblümchen ab und kombiniert sie mit strohfarbenen, trockenen Gräserstängeln, drapiert das Bouquet auf einem mit grauen Flechten überzogenen Stein. Lo macht ein Foto in Gedanken.

Sie knöpft seine Röhrenjeans auf, Malte stöhnt und zieht dann die Luft ein wie ein zerstochenes Vakuum. Die Jeans springt auf und ihr der schwarze Metallknopf mit dem eingeprägten grinsenden Totenkopf entgegen. *Cheap Monday.*

»Ein billiger Montag…« Lo stößt mit den Lippen gegen seinen Schwanz.

Malte findet, dass sie besonders gut blase. Sie fragt sich, ob ihr Mund wohl erwachsener geworden ist.

»Was hast du in meiner Abwesenheit gemacht?« Malte drückt seinen Unterkörper gegen ihr Gesicht. »War ich deine Wichsvorlage in Gedanken?« fragt sie, als ihre Lippen ihn berühren.

Lore wollte immer ein Spindmädchen sein, eine blonde, ordinäre Hähnchenverkäuferin, die sich zum Pin-up hochschläft, wie Anna Nicole Smith. Mit einem ferrari-

roten Mund, in den Männer gerne ihre Schwänze steckten. Ein Mädchen, das sich nur über die Abgegriffenheit eines Pornoheftchens definieren musste.
Malte blickt sie flehend an. »Bitte ...« Lo nimmt seine Hand, legt sie an und bewegt sie so, dass die kleinen Tropfen von geschmolzenem Zucker an seinen Fingern haftenbleiben, sie befeuchten und er sich nicht weh tut. Dann lässt sie ihn alleine weitermachen und beobachtet starr.
»Willst du, dass ich es mir selber mache?«
»Ja«, sagt Lo gleichmütig, »es macht mich an.«
Malte möchte es für sie tun. Er gibt sich Mühe, er zieht den Schwanz nach oben, sein Gesicht verzerrt sich asymmetrisch. Das Wasser gluckert, wo es in Stromschnellen raffiniert über die Steine springt, die Balustrade leuchtet rötlich von den feinen Mooshärchen. Malte spritzt nach einigem Zucken und mit gespreizten Flügeln vor Aufregung in den Bach.
»Jetzt bist du vereint mit der Natur.« Lore lacht ehrlich und gibt ihm zur Belohnung einen Kuss. Sie hätte es gerne gefilmt, aber man hätte es unmöglich veröffentlichen können, weil sein Ruf ruiniert würde. Sie überlegen, ob sie am nächsten Tag noch mal wiederkommen sollten und Malte eine halbe schwarze Katzenmaske wie aus dem Varieté aufsetzen, aber das würde der Aktion ihren ursprünglichen Charakter nehmen. Und einen Stricherjungen engagieren und hierherfahren ginge auch nicht, denn der hätte womöglich keinen echten Spaß und würde es nur wegen des Geldes tun. Und wenn, dann wollen sie es echt haben.

Sie reibt ihr Gesicht über seine lichten Bartstoppeln, bis ihr die Wangen brennen. Sie schlingen die Arme umeinander und zerdrücken sich fast. »Nie, nie, verlassen wir uns.« Sie legen sich neben die schlafende Marla hinter den Vorhang der Weidenzweige. Lo zieht ihr Kleid aus und lässt sich von Malte ihren Körper benennen. Die Muschelöhrchen, die Flaumflecken, die Birkenhäutchen, die aufgeregten kleinen Baiserbrüste.

»Warum bist du denn verschwunden, Kleines? Ich hab Angst um dich. Du darfst dort nicht bleiben, auf dem Gehöft.«

»Hab's vergessen«, murmelt Lo, und während sie einschläft, faltet Malte sein Poloshirt und schiebt es ihr unter den Kopf. Er betrachtet seine beiden Mädchen und bewacht ihre Atemzüge. Malte ist wie eine Löwin, die ihre Babys beschützt. Die Männer würden ihre kleinen Mädchen penetrieren, wenn sie nicht so gut erzogen wären. Aber Malte würde das niemals tun. Er ist eine Löwin.

Als Lo auf dem Bauch liegend erwacht, sieht sie schon ein Fünkchen Abendtau. Über grünen Blattschirmen dicht am Boden strahlt das Sumpfdotter. Ein Hermelin wischt unter einem Stein hervor und krabbelt in Bahnen auf und ab die Pflanzen entlang, wenn er das Sumpfdotter berührt, gerinnt es unter seinen kleinen, glühenden Pfoten.

»Hörst du, wie es zischt, Lorchen?«

Sie fahren mit Licht, es riecht nach Salzwasser und Erschöpfung im Auto. Die Straßen sind vollkommen leer, bis auf leuchtende Tieraugen, bei denen man nicht sagen kann, zu was für Tieren sie gehören. Keine Schilder.

Lo glaubt irgendwann zu träumen. Hier sind Teerstraßen, hier müssen Schilder kommen.
Malte lässt die Fenster herunter. »Vielleicht hören wir von irgendwoher das Rauschen der Autobahn.« Es ist wie im Gebirge, so still.
»Da vorne!« Lo verlagert Marlas Gewicht auf ihrem Schoß. »Da sind Lichter!«
Das Surren von alten, bockenden Dieselmotoren ist zu hören.

Zwei Wagen stehen am Straßenrand mit laufenden Motoren, ein kleiner Tiertransporter und ein Lastwagen, mit der Aufschrift *Zirkus Melody*. Ein kleines Mädchen lehnt an der Trittleiter zum Fahrerhäuschen. »Papa ist pinkeln.« Sie trägt ein tellerförmiges Glitzerröckchen und schiebt die Hüfte und ihre Unterlippe nach vorne. Eine Frau mit sehr schlechten Zähnen, Lore fühlt sich beruhigt, wenn Klischees exakt eintreffen, beugt sich aus dem Fenster.
»Entschuldigen Sie, wir haben uns verfahren ...«
»Hinterher! Die Vorstellung beginnt in zwei Stunden.«
Malte seufzt: »Warum nicht? Magst du in den Zirkus? Und wir kommen endlich hier fort ...«
Sie folgen den Wagen durch die Dunkelheit. Ihr Po wird warm von der Sitzheizung, sie schläft ein, bis Malte jubelt: »Zivilisation! Da vorne ist Licht!« Er steigt aus und bewegt sich in Richtung des Leuchtens, stößt einen Schrei aus. »Lo, das ist der Hof.« Sein Gesicht glänzt vor panischem Schweiß, er springt ins Auto, doch Lo reißt den Schlüssel aus dem Zündschloss und steckt ihn in ihre Unterhose.

»Komm, lass uns noch eine Nacht bleiben. Ich mag nicht in der Nacht umherirren.« Die Zirkusfamilie beginnt bereits auf der Wiese neben dem Eingang das Zelt aufzubauen. Malte zittert leicht, er hat Angst vor dem Zirkusschäferhund, der herumstreunt und seine Kette hinter sich herzieht. »Lass uns solange reingehen.« Sie nimmt Maltes Hand und spürt einen ungewohnten Widerstand.

Am Abendbrottisch in der Küche gibt es ein rustikales Buffet. Mit frischen Blut- und Leberwürsten, sauren Gurken, fein eingelegt mit Chili und Zwiebelchen, und Sülze in einem ausgehöhlten Schweinekopf serviert. Der Tisch ist dekoriert mit duftenden Kräutern, die langstielig geerntet wurden, blühender Dill, Borretsch, Petersilie und Estragon. Lo bemerkt, wie ein Mädchen unter dem Tisch ihren rosa bestrumpften Fuß zwischen Maltes Beine steckt. Sonst tun die Mädchen so, als sei Malte nicht anwesend. CK zieht ihr die Mundwinkel nach oben. »Willst du keinen Spaß haben?« Kathi stillt Marla am Tisch.

Das Spektakel beginnt. Ein scheppernder Trompetenstoß ruft die Mädchen nach drüben. Die Hilfsarbeiter haben sich fein gemacht und sich mit Schuhcreme schwarze Haare auf die Glatzen gemalt. Sie dirigieren die Mädchen zu den Bänken. Der Boden ist sauber mit Sägespänen aufgefüllt. An der Aufführung nimmt nur die Zirkusfamilie selbst teil. Das Minimädchen tanzt in der Mitte mit silbernen Hula-Hoop-Reifen, die der Vaterdirektor über sie wirft, bis sie fast ganz verschwindet. Man kündigt einen reitenden Tiger an. Es ist ein Kuscheltiger, wie aus der Losbude, festgebunden am Rücken eines dicken Ponys. Bei der

Dressurnummer tragen die Ponys glitzerndes Zaumzeug und springen nur, wenn ihnen hinter dem Hindernis ein Zuckerstück dargeboten wird. Der Direktor spuckt Feuer bis zur Decke, das Minimädchen hat sein rotes Kunsthaarteil in der Manege verloren und sieht jetzt noch kleiner aus. Der Clown ist schlecht geübt, es ist die Mutter, sie fügt sich echte Schmerzen zu, als sie mit dem Kopf in einen Eimer fällt. Beim Messerwerfen schließen alle die Augen. Der türkisfarbene Polyesteranzug des größeren Mädchens ist verrutscht, sie hat Babyspeck und nicht im mindesten die Verführungskraft ihrer kleinen Schwester. Draußen kläfft der Hund. Vom Band läuft ein Marsch, das Minimädchen singt: »Alle Möpse bellen, alle Möpse bellen, nur der kleine Rollmops nicht« und stupst die Pudel mit einer Gerte an, dass sie Purzelbäume machen. Kathi schreit vor Entzücken. Malte ist blass und sagt: »Loretta, ich fahre. Ich biete es dir ein letztes Mal an. Ich halte es hier nicht aus.«
Lores Herz schlägt bis zum Hals, aber CK zischt: »Sei ein starkes Mädchen.« Sie lässt Malte ziehen. Das Baby ist versteckt in einem leeren Hasenstall.

Rekord

Sie feiern weiter auf dem Heuschober, zwischen den Ballen lässt es sich balgen. Manchmal findet man ein Kätzchenskelett vom letzten Herbst. Denn hier oben bringen die Katzen immer ihre Babys zur Welt, manchmal vergessen sie aber eins. Lo muss aus dem Fenster pissen, weil sie sich nicht traut, die Leiter alleine hinunterzusteigen. Erst ist es ihr unangenehm, dann fühlt sie sich fast revolutionär und stößt Kathi auch nicht mehr weg, die, während das Wasser rinnt, sich über die Fensterbank lehnt, sie betrachtet wie eine medizinische Anomalie und ihren Finger in Lores Muschi steckt. Das ist eine sehr warme Erfahrung.

Im Licht der Laternen oder Scheinwerfer wimmeln Heustaub und silberne Motten. Von draußen surrt ein Generator, und Pferde schnauben. »Willkommen, meine lieben Mädchen. Zur Besprechung unserer letzten Veranstaltung und zur Lockerung. Die Zirkusveranstaltung gehörte zur Tischdekoration, nur dass wir sie nach außen verlagert haben.

Und wir haben eine kleine Verkrampfung in unserer Mitte. Lore, du weißt, dass wir eine Gemeinschaft der Regellosigkeit sind und dass du dich nicht daran hältst. Nicht nur, dass dieser verkitschte Typ hier aufgetaucht ist, nein, du hast auch noch Post erhalten, und zwar mit einer in Sütterlin geschriebenen Anschrift. Lore, auch auf dem Land muss man arbeiten, und du scheinst mir ein faules Mädchen zu sein. Fortuna hat dich hier in die Felder geführt, um an unseren Workshops teilnehmen zu können und im Freien zu schweben, denn nur wer schwebt, kann an die schönen Momente andocken. Du scheinst immer noch von der Schwerkraft besessen zu sein.«

»Gib das her!« Lore reißt CK den gepolsterten Umschlag aus der Hand und stürzt die Leiter hinab und reißt im Rennen das Papier auf, die Folie mit den Zähnen, auf den Boden fällt eine Kassette.

Als sie sich aufrichtet, stößt sie sich den Kopf an einem präparierten ineinander verbissenen Tierknäuel, die Scheune hängt voller Tierkugeln. An Nylonschnüren von den Querstreben baumeln sie, zum Ausdünsten der Chemikalien. Später, wenn sie im Museum hängen, steckt man einen mit bunter Flüssigkeit gefüllten Katheterbeutel in das Fell, bis nur noch der transparente Schlauch herauslugt, aus dem dann rhythmisch bunte Tropfen fallen, und die Besucher feuchte Sohlen bekommen. Die Museumsleitung genehmigte das Projekt nur unter der Prämisse, die Türschwellen des Raums mit dicken Speziallöschpapieren zu belegen, sonst wäre es eine zu große Sauerei im Hause.

Lo fühlt sich beobachtet, vielleicht liegt es an den vielen Glasaugen überall.

Sie weiß, dass CK ihr folgen wird, schiebt die alte Badewanne von außen gegen das Scheunentor und verschwindet im Wohnhaus, hoch, hoch, zum Kinderzimmertrakt.

Der kleine Blonde liegt dem Rekorder am Boden gegenüber und spricht einen ausländischen Text mit.

»Was ist das?«

»Schwedische Volksmärchen. Gib das wieder zurück, Milchfotze.«

»Wer bringt dir solche Wörter bei? Die verstehst du doch gar nicht. Und Schwedisch doch auch nicht.«

»Ey.«

Lore reißt dem Blonden den Kassettenrekorder aus den Händen und startet ihre Kassette.

»Liebes Fräulein Lore, sicher wundern Sie sich, dass Sie Post von mir erhalten, ließen Sie doch keine Adresse zurück und versetzten ein ganzes Krankenhaus in Sorge.« Herrn Katzenellenbogens verrauchte Stimme.
»Ich sah sie für eine Sekunde in einer TV-Dokumentation und bekniete den Sender, mir Ihre Adresse zu verraten. Spulen Sie die Kassette nun vor.«

Rauschen, Zerbersten von Material. Lore drückt auf *Rewind*, bis der Rekorder klickt, und wieder auf *Play*.
Der kleine Blonde ist unnachgiebig und singt währenddessen abgehackt und monoton:
»My grandma had a ponytail, hea hea ho. And when I pulled it from her back, hea hea ho, she took me times around the world, hea hea …«
»Fräulein Lore, nehmen Sie es mir nicht übel. Dies ist nur eine kleine Spielerei für Sie, um Ihnen die Wichtigkeit des Zurückblickens zu verdeutlichen.«
»… hea hea ho …«
»Wer weise ist, schaut auch zurück. Anbei lege ich Ihnen die Kopie eines Stichs der schönen Prudentia, welche in die Zukunft schaut und auch zurück. Nur so addieren sich Ihre Erfahrungen …«
Lore hält ein nach Kopierschwärze riechendes Blatt in der Hand, es hängt tot, weit vom Körper entfernt, zwischen ihren Fingern. Die mächtige, doppelköpfige Frau darauf schaut mit einer Hälfte in ein Fernrohr, mit der anderen in einen Handspiegel. Sie bedient sich beider Utensilien ganz selbstverständlich als Werkzeuge. Breite Füße hat sie auch.

CK bürstet von hinten ihren Pferdeschwanz. Lo kann nichts sagen, es ist, als würde flüssige Schokolade ihren Rachen hinunterlaufen. Die Kassette läuft weiter: »Kommen Sie doch zurück. Ich baue Ihnen einen Ort, an dem Sie sich wohlfühlen werden …«
»Manipulation!« sagt CK. »Wirf den Scheiß weg. Wir kochen morgen Suppe!«
Lo trollt sich betäubt auf ihr Zimmer und gräbt sich in die weißen Laken, schiebt ihre Finger durch die Häkelspitze der Bettbezüge. Sie weiß, dass sie nicht genug Kraft hat, zu gehen.

Am frühen Morgen läuft Lore mit einem Glas gedickter Sauermilch den Maschendrahtzaun an der Westseite des Geländes entlang, auf der anderen Seite begleitet sie ein springendes Zicklein. CK kommt ihr vom Haus entgegengerannt und leckt ihr zur Begrüßung das Ohr aus. Wicken tasten sich vom Zaungeflecht in den Himmel. Lore fragt: »Warum ließen sich Generationen von Dichtern über Blumen aus? Jeder hatte eine, welche er besonders verehrte. Besonders ging es darum, den wenig geachteten Wald- und Wiesenblumen zu huldigen, den Unschuldigen, den scheuen Bambis, die erst auf den zweiten Blick ihre Schönheit offenbarten.

In dem stolzen Blumengarten
findet man dergleichen nicht,
darum hält dich mein Gedicht
höher als die andern Arten.«

CK nickt: »Harsdörffer. Er hatte im Barock einen literarischen Blumenorden gegründet, und sein Emblem war die keusche kleine Maienblume:

Wo des Schattens Fittich schwebet
Ob der Auen Sommerkleid
Weinet zu der Winterszeit,
Was in diesen Tristen lebet.
Unsrer Nymphen Wangen gießen
Thränen, gleich den Bergkrystallen.«

Von den Wiesen sind einige Kühe in den Garten gekommen, eine nuckelt bei der anderen am Euter. Lore muss lachen, denn die Kälbchen werden in Extraboxen getan, um die Mutterkuhmilch nicht zu verschwenden, und nun trinken sie einfach gegenseitig voneinander und ruinieren sämtliche Vorsorge.
Die Kastanien entfalten ihre klebrigen Blätter, sie hängen noch so schlaff und klebrig herunter wie kleine Jungsschwänze. Die Mädchen lehnen am Kastanienstamm und saugen Taubnesselblüten aus, sie tragen nichts außer ihren Nachtslips, ihre Haut schimmert durchscheinend und blütenrosa. Die Quittenblüten wirken verstörend, sie leuchten in einem altmodisch wächsernen Hellrot, das es so gar nicht mehr gibt, und Amberlight kennen die Deutschen nicht.
Kathi ist heute schon am frühen Morgen betrunken. Nachdem sie in eine halbierte, türkisfarbene Sandkastenmuschel gekotzt hat, tippelt sie zurück zum Kastanienbaum,

um ihn mit Rosésekt zu bespritzen. »Er muss auch getauft werden … Ich taufe dich auf den Namen Walross!«
Ein paar Mädchen sind mit großen, violetten Glockenblumen in Ameisenhügel eingedrungen, denn wenn sie ihre Ameisensäure auf die Blüten absondern, ergeben sich wie ausgefranste Brandlöcher neon-pinke Sprenkel. CK fegt aggressiv mit einem Kiefernzweig herum und beschwert sich, weil sie zu den Ameisensprenkeln einen Workshop anbieten wollte, jetzt sei die ganze Spannung dahin. »Ihr Gören!«
Ein Mädchen bringt geschmierte Frühstückssemmeln für alle, die feine Sonne fällt durch die Blätter, und die Näschen beben vor Freude über das Frühlingswetter. CK schlägt einen Keil in die Morgenplaudereien.
»Es wird hier nicht über Beziehungen schwadroniert. Das ist die Falle des weiblichen Geschlechts, in die es, während es quatscht und quatscht, hineintritt. Sich seine halbe Lebenszeit den Beziehungsscheiß immer wieder aufwärmen. Die schwulen Männer fangen auch schon damit an. Mädchen, ihr sollt euch bilden, ihr dummen Hühner, und eure Münder für Besseres benutzen.« Die Mädchen hören gar nicht hin und tunken ihre Zungenspitzen in die Marmelade. »Es gibt keine Grapefruits zum Frühstück, ihr müsst euch heute die Brüste gegenseitig ausdrücken.« Eines der Babys liegt im Gras zwischen den Picknickenden und wird gestupst und mit einer Gänsefeder überall gestreichelt, dass das frohe Glucksen gar nicht abreißt.

Lo rennt weiter alleine auf dem Gelände umher. Es ist unheimlich, überall sind Spuren, der Hof ist verseucht. Eine rostige Milchkanne voller Regenwasser und Ungeziefer, ein Stück Spiegel hinter dem Maschendraht, abgeknickte Äste, alles Spuren, aber wovon?

Ein ganzes Baumrondell im Garten hat noch nicht ausgetrieben, die Bäume haben kaum noch Rinde und blitzen knochenhell, jedoch haben sich über den Winter so viele schmarotzende Misteln in den Ästen verfangen, dass es aussieht, als hätten sie dichte, buschige Kronen. Malte hatte immer jede lose Pflanze über Lorettas Kopf gehalten und sie als Mistel deklariert, denn ein Mädchen, das unter dem Mistelzweig hindurchgeht, darf ungefragt geküsst werden. Sie küssten sich unter jedem erdenklichen Blattwerk. Für Malte waren alle Blumen Misteln.

Lore wickelt Marla besonders sorgsam auf einem Holztisch im Garten. Marla hat jetzt vereinzelte perlrunde Zähne, so dass man nicht mehr so leicht in Versuchung gerät, sich von ihr am Finger lutschen zu lassen.

»Wir müssen wachsam sein!« Marla kann immer noch kein Wort artikulieren, aber gurgelt und zwitschert Spuckeblasen heraus.

Auf der Wiese hinter dem Komposthaufen, am Rand des Geländes, wo flach die Vergissmeinnicht blühen und das Wasser steht, entdeckt Lo einen ausgetretenen Pfad, der bis zur nächsten Baumreihe, soweit die Sicht reicht, führt. Vielleicht haben das Rehe platt getreten. Lo greift unter Marlas Po und setzt ihr Gewicht auf die Hüfte, sie betreten den Rehweg durch das Unterholz. Doch gleich erstarrt sie,

denn ein riesiger Fasan kommt ihnen entgegen, sein glänzendroter Kopf über der weißen Schärpe zuckt, er schaut blasiert auf die Mädchen herab.
»Im Hirtentäschel verbirgt sich der Reiseproviant!«, sagt der Fasan und tritt ab. Malte hätte ihn erlegt.

Katzenellenbogen

Lore war nicht bis zur Suppe geblieben, obwohl sie für die Reise eine Stärkung hätte vertragen können. Es handelt sich bei Brühe um ein Konzentrat aus fremdem Leben. Fleisch und Gemüse müssen ausbluten. Der Geist des Rindes und der Wurzeln wird in der Flüssigkeit gelöst.

Da niemand den Saab repariert und der Regen die Polster durchweicht hatte, weil während des letzten Unwetters eine Tür nicht richtig verschlossen war, lief Lo mit Marla zu Fuß zur Autobahn und trampte von dort nach B. Lo musste Malte sehen. Sie mussten sich retten. »Ich war immer sehr stolz darauf, das Glück meines Lebens gefunden zu haben. Und ich werde es mir nie verzeihen, es gehen lassen zu haben«, hatte Malte beim Abschied gesagt. »Aber du bist ein großes Mädchen, Lo ...« Sie wollte das Glück nicht zerstören. Lore hatte sich nun entschieden, ein konstruktives Element in dieser Welt zu sein.
Ohne Schwierigkeiten waren sie in B. angekommen. Der Geschäftsreisende, in dessen Auto sie vertrauensvoll auf

der Rückbank Platz genommen hatten, hatte sie in der Stresemannallee verabschiedet, weil sich dort sein Hotel befand.

Sie stehen vor einer Häuserruine, auf die mit schwarzer Farbe »Gruselkabinett« gepinselt steht.

Lore fühlt sich wie der vanillefarbene Labrador mit den etwas zu lang geratenen Ohren, der den schmutzigen Gehweg entlangtrabt, die Ohrenspitzen voller Kot, und in jedes sich bewegende Papier, in jeden aufgeblähten Plastikbeutel beißt. Und ständig wieder enttäuscht von ihm ablässt, so läuft er sein ganzes Hundeleben durch die Straßen der Stadt.

Marla tapst auf dem Gehsteig neben ihr her und fängt entzückt herumfliegenden Müll aus der Luft. »Erst besuchen wir Herrn Katzenellenbogen. Er wird uns die Nerven glätten, bevor wir zu Malte gehen.«

Lore lässt sich in einem Café ein Telefonbuch geben, um die Adresse herauszufinden. Marla bekommt dort eine kleine Waffeltüte mit Sahne und Zuckerstreuseln geschenkt. Überhaupt drehen sich alle Menschen auf der Straße nach dem Kind an ihrer Hand um.

Marla läuft stockend. »Komm, Starlight, wir müssen am Gleisdreieck aussteigen.«

Hinter einem Werksgelände finden sie das Haus mit den rot-weißen Fensterläden. In der verglasten Veranda flattert ein Kakadu, der kehlige Geräusche ausstößt, als die beiden Mädchen sich unter ihm ducken, und provokativ langsam seinen Irokesenfederkamm öffnet und schließt.

Herr Katzenellenbogen sieht grau aus im Gesicht. Er scheint jedoch erfreut über den Damenbesuch.
»Aha«, sagt er nur, während Lo kein Wort herausbringt, auf Marla deutet und auf der Eckbank in der Küche zusammensinkt.
»Sie müssen Aufarbeitung betreiben, Fräulein Lore. Wenn wir nur in den Tag hinein leben, sind wir wie Tiere.«
»Aufarbeitung, Abtreibung, Entscheidung. Sie reden wie die Psychologen. Nein, glaub ich nicht. Wenn ich mich erinnere, entsteht ein Strudel, und gerade dann tauchen immer Tiere auf. ›Beachcats and seahounds‹ nenne ich das Label für Erinnerungsfotos.«
Lore kratzt mit den Fingernägeln Zeichen in die Wachstischdecke und imaginiert, was sich unter der Eckbank wohl befindet. Eckbänke kann man immer hochklappen. Wahrscheinlich alte, sauber zusammengelegte Armeedecken.
»Kommen Sie.« Katzenellenbogen leitet Lore zu einem türkischen Teppich, der über dem Teppichboden im Wohnzimmer liegt, zwischen räudigen apricotfarbenen Sofas.
Die Fenster des Hauses sind einfach verglast, man hört das Kreischen der U-Bahnen und das Ächzen der Hochbahnstreben.
»Knien Sie sich da drauf, machen Sie die Augen zu und öffnen Sie leicht Ihre Lippen. Sie brauchen eine Fettcreme auf die Lippen, sie sind ja ganz spröde.«
Lo nuschelt: »Von der Reise … Tschuldigung.«
»Und erzählen Sie mir, was in Ihnen vorgeht. Was um Gottes willen haben Sie da gemacht?«

»Ich glaube, es war Bestimmung. Etwas leitet mich durch das Leben, aber CK vom Hof meinte, es wäre Fortuna gewesen. Ich hingegen fühle mich wie ein kegeliger, fetter Seehundkörper, der sich furchtbar schnell durch das Wasser schraubt und einen Schleier aus Silberperlen hinter sich herzieht.
Er schießt durch das hellgrüne Wasser, und nichts kann ihn in seiner Schwimmbahn aufhalten. Er ist sehr dick und behäbig, denn Seehunde müssen sich mit dem enormen Bauchfett gegen die Kälte schützen. Man möchte ihn drücken und sich an ihn klammern. Er hat mich dort mit hingenommen. Ich hatte Malte vergessen.
Wissen Sie, mit Malte kann ich mich gar nicht unterhalten, we never talked about things that really matter. Aber wir liebten uns ehrlich vom ersten Tag an. Und wissen Sie, was mit Liebespaaren passiert, die die Bestimmung fliehen? Man weiß das aus Romanen. Ich werde jetzt daran arbeiten.«
»Ja, es ist ein gefährlicher Akt, sich als junge Dame für oder gegen den Mann zu entscheiden, denn viele Mädchen sind sündige Biester. Sie realisieren gar nicht, wie sehr der Mann leidet. Männer lieben ja meistens lebenslang. Sie können Sex separat betrachten. Und selbst wenn sie auch noch so huren, sind sie im Grunde treu. Überhaupt sind die Frauen das verdorbenere Geschlecht. In meinem langen Leben waren immer sie es, die hysterisch wurden, sich den Mann mit der Axt schlugen, sich aber sogleich in Stolen aus Unschuld und Mullbinden wickelten, wie in eine Reizwäsche.«

»Auf dem Hof war es ganz still in meinem Kopf ...«
»Und?«
»Die Ohrlöcher des Seehundkopfes sind mit Seegras verstopft, und er wird von kleinen Weichtieren umspielt, die auf ihren empfindlichen Bäuchen Maserungen wie bunte Kieselsteine haben. Und auch alle von einer Aura aus schimmernden Wasserperlen umgeben sind, die in den Farben ihrer Haut strahlen.
Aber irgend etwas stimmte nicht. Ich bekam immer Gänsehaut, obwohl die Mädchen da waren, wie Schutzengel, und der Hof meistens in der Sonne lag.«

»Warum sind Sie dann gefahren?«
»Ich sagte es Ihnen doch. Etwas lenkt mich von einem Ort zum anderen. Ich weiß es nicht.
Können Sie sich vorstellen, dass ich einen schwangeren Bauch hatte? Wenn man nach der Geburt hineindrückt, gibt das Material nach. Aber der Bauch dellt sich wieder aus.«
»Das hatten Sie mir verschwiegen damals. Es ist aber ein hübsches Resultat geworden. Lenken Sie nicht von unserem Vorhaben ab ...«
»Sie beleuchten mich mit Fleischerlampen ... Das ist ungerecht.«
Lore beginnt zu weinen und krümmt sich auf dem Teppich zusammen, als wäre er eine Insel und sie dürfte mit keinem Körperteil die Umgebung berühren.
»Der Teppichboden irisiert ja ... wie Katzengold ...« Lore bleibt das Heulen im Hals stecken. Sie streckt einen Finger aus und holt sich einen Glitterpartikel.

»Das sind ganz feine Glasscherben ... Ich kriege die hier nicht mehr raus, auch nicht mit dem Staubsauger. Die kommen aus dem Werkraum. Fahren Sie mal durch meinen Bart. In meiner Lunge sieht es wohl genauso aus.
Wenn ich den Bart zwirbele, sehe ich aus, als hätte ich einen Kaiserschnurrbart. Es gibt übrigens kleine Tamarinäffchen mit solchen Bärten. Die ersten kamen zu Bismarcks Zeiten nach Deutschland, tot aus dem Dschungel Südamerikas. Als die Zoologen sie untersuchten und einordnen wollten, zwirbelten sie ihnen die buschigen Bärte nach dem Vorbild Bismarcks. In den zoologischen Gärten in Deutschland tun sie das bis heute, damit der Affe seinem Namen gerecht bleibt.«
»Sie hätten auch einfach den Namen ändern können.«
»Ja, aber ist ein Gegenstand einmal verankert und in das Netz, welches man über die Welt wirft, eingeflochten, ist es einfacher, die Individuen in Form zu bringen, als das Netzmuster zu verändern.
Ach, Lore, alles, was Sie hier in der Welt sehen, entstand aus der Schwäche des Menschen, alle Kulturleistungen sind Kompensation dieser Schwäche. Es ist ekelerregend, aber Sie müssen das einfach vergessen.
Die menschlichen Emotionen liegen wie Ätherleiber unsichtbar herum. Sie sind unabhängig von Kompensation und Produktion. Aber sie haben amorphe Formen und werden Ihnen weggleiten. Sie werden sich irgendwann in einem bunten, glibberigen Haufen desorientiert wiederfinden.
Auch wenn die Anstrengung also aus einer zweifelhaften

Intention heraus entsteht, ist sie unabdingbar für die menschliche Existenz. Denken Sie an sozial schwache Kinder, die sich aufgrund von strengen Ballettlehrern hochgearbeitet haben. Und auch ich wurde bei der Reichswehr ordentlich gedrillt, mit nackten Füßen im Schnee. Das hat uns sehr geholfen.«

»Ich glaube, das Leben ist zu kurz, um sich anzustrengen. Ich gehe jetzt besser.«

»Wollen Sie nicht noch mein Atelier sehen? Ich beschäftige mich zur Zeit mit der Festigkeit von Glas ...«

»Sie sind Künstler? Nein, ich muss wirklich gehen. Malte erwartet mich.«

Lo hat plötzlich Angst, die Türen würden sich nicht mehr öffnen. Wie damals, als sie mit einem fremden Bauern auf der Rückbank einer Kutsche mit in den Wald hineinfuhr.

»Warten Sie, ich gebe Ihnen für alle Fälle dieses blaue Pulver mit.«

»Danke.«

Federtiere

Lore schaut erst noch in der Boutique vorbei, von der Malte letztes Jahr erzählt hatte. Sie will für sich und Marla Kleidchen kaufen.

Während die Verkäuferin Marla Glitzernagellack aufmalt, obwohl Marla ja praktisch noch keine Fingernägel hat, und ihr einen Abziehbildchen-Anker auf den Oberarm klebt, blättert Lo die neue Collezioni Bambini durch. Schon sehr früh werden sie zu kleinen Nutten gemacht. In der Collezioni laufen die Kinder für Toff Togs oder No-l-ita über den Laufsteg in durchsichtigen a-förmig geschnittenen Regenmänteln und mit Tieraccessoires wie Haarreifen mit Hörnern oder zarten Flügelchen am Körper. Italienische Festtagskleidchen werden von Kindergartennymphen mit gecrushten Lockenmähnen präsentiert. Die Italiener scheinen blonde Kinder sehr zu lieben, die Festtagsnymphe hat leuchtend blond behaarte Beine. Immerhin rasieren sie die Kinder nicht. Das ist der Unterschied! Nicht nur die Proportionen. Lo jubelt innerlich, Differenzen entdeckt zu haben. Sonst unterscheiden sich die Gesichter wenig von den älteren Laufstegmädchen, jedoch dieses natürliche Lachen, die Koketterie, haben nur die Babys. Vor allem die Mädchenbabys. Sie tragen ja auch schon alle Eizellen in sich, nur reif sind sie noch nicht.

»Was können wir der kleinen Infantin Gutes tun?« fragt die zarte, wohllippige Verkäuferin.

»Ich hätte gerne ein Tieraccessoire für das Baby und für mich ein Kleid in Größe 158.« Lo entscheidet sich für ein himmelblaues, welches unter der Brust geschnürt wird, und für eine Papp-Elefanten-Maske für Marla. Sie kleiden sich augenblicklich um.

»Ich wusste es!« Lo fällt über die Schwelle ihrer Wohnung. Sie hat sich für ein Herrchen entschieden.

»Ich habe heute Nacht von dir geträumt, Loretta. Das war

ein Zeichen. Wir trafen uns zufällig auf einer Party, die unter einem Bettlaken stattfand. Und tranken gemeinsam fluoreszierende Cocktails zwischen den Körpern der anderen Gäste.« Malte zerdrückt Lo und herzt Marla, er wirbelt sie durch die Luft.

Lore merkt, dass sie die ganze Nacht nicht geschlafen hat. Sie wirft sich das Baby über die Schulter, das nicht mehr so leicht zu handhaben ist, und wankt zum Schlafzimmer. Die Wohnung riecht vertraut nach frisch gewaschener Wäsche und ätherischen Dünsten aus dem Holzfußboden. Die Silberaccessoires auf der Kommode sind kein bisschen schwarz angelaufen, der Schneewittchensarg-Plattenspieler ist poliert, und jemand hat Alpenveilchen in die Wohnung gepflanzt.

Lo fällt aufs Bett, Malte setzt sich auf die Heizung vor dem Fenster und betrachtet sie unendlich traurig. Die weißen Vorhänge, rechts und links neben ihm, bilden ein Dach. »Es könnte doch alles wunderschön sein, Lo. Du willst nur nicht. Aber ich will dir verzeihen, denn du kannst ja nichts dafür. Wir tun das Monster in ein Paket und schicken es auf die andere Seite der Welt. Ja?

Du musst dich um gar nichts kümmern, Kleines. Beruhig dich mal. Atme mal tief aus. Die wollten euch gehirnwaschen. Man muss dich beschützen, Lo, du bist eine kleine Feder. «

Malte holt ein lauwarmes feuchtes Handtuch aus dem Bad und wischt seine beiden Mädchen sauber vom Reisedreck. »Niemand wusste deine kleine Seele dort zu schätzen, Lo-

Baby, stimmt's? Ich werde euch wieder hinkriegen. Ich hätte es mir nie verziehen, wenn du fort gewesen wärst. Jede Stunde seit meiner Ankunft habe ich gewartet. Ich hätte nicht fahren dürfen. Es tut mir so leid…«

Während Lo sich nicht wehrt und versucht, sich an Maltes Gesicht zu gewöhnen, quiekt und schreit Marla wie ein Ferkel, kreischt hoch und hysterisch in Lores Ohr, so dass Malte besorgt mit einem Tupfer Honig auf dem Zeigefinger angerannt kommt, um ihn ihr in den Mund zu stecken. Marla schlägt um sich, als wolle sie nicht geschlachtet werden, neben Lores Ohr wird es klebrig und noch lauter.
Wie in Trance und mit pochenden Schläfen geht Lo mit dem Bündel zur Wohnungstür hinaus, schlittert die Stufen hinab, nur hinaus. Sie braucht frische Luft.

Im Hof treiben Blüten vom Apfelbaum horizontal durch die Luft. Das Schlafzimmerfenster ist geöffnet, und Lo hört, wie Malte die Federbetten aufschüttelt.

Marla drückt den neuen Elefantenkopf gegen das Geländer der Kottbusser Brücke. Der grüne Lack der Metallstreben knackt.
Wie magnetisch gelenkte Eisenspäne auf einem dunklen, schwarzglänzenden Spiegel gleiten die Schwäne um die Futterstelle am Kanal. Zwei sind schmutzig verklebt und halten sich am äußeren Rand des Gebildes auf, einer der Weißen nimmt eine Cocktailtomate zwischen die Schna-

belhälften, drückt zaghaft zu, dann, wie die Verformung einer nach oben steigenden Luftblase, quetscht er sie zu einer Ellipse, bis sie knallt und in die Runde spritzt. Lore kratzt einen schmierigen Tomatenkern mit dem Fingernagel von Marlas Kleid, nimmt ihr die Maske ab und hebt sie hoch. Marla zieht den Talisman aus dem Ausschnitt ihres Kleides und nuckelt daran.

»Pfui …« Lo reißt den Anhänger von der Schnur und wirft ihn nach den Schwänen. Neben Marlas Mund entdeckt sie eine kleine Falte, die ihr so noch nie aufgefallen war und die sie von sich selbst gar nicht kennt. Sie gibt Marla einen Kuss.

Vor den Augen der Mädchen senkt sich langsam der blaue Schleier der Abenddämmerung über den rosa Himmel.

Eine Totenkopfente fiept herum. Die Schwäne picken sich gegenseitig Petersilie aus dem Gefieder, und wenn sie den Kopf aus dem Wasser heben, bleibt manchmal ein Diadem aus leuchtendem Forellenkaviar auf dem schmalen Haupt zurück. Jemand muss die Buffetdekoration im Wasser entsorgt haben.